關川夏央
谷口治郎
劉蕙菁 譯

『少爺』的時代

在凜冽的近代中，活得多采多姿的明治人

「少爺」的時代

依據太田西涯著《明治蹇蹇匪躬錄》（東亞同文書院出版部 昭和六年刊行）

目次

第一章

漱石先生飲啤酒之醉後行跡

明治三十八年十一月　東京都本鄉區千駄木五十七番地。[1]
吱吱吱、吱吱
啾
啾
啾、啾

1. 夏日漱石留學歸國後，最初租賃的一處住所，在此創作出成名作《我是貓》。本書注釋皆為譯注。

我正在構思新的小說。

喵、喵喵——
喵嗚——
愈來愈弄不清這個國家今後何去何從，
喵嗚、喵嗚
嗚喵～喵喵喵～！
可是我多少還是想嘲弄一下，陶醉於新時代的輕佻淺薄之徒。
嗚嗚喵、嗚喵喵
滾～滾～
喵嗚喵
喵嗚、喵嗚

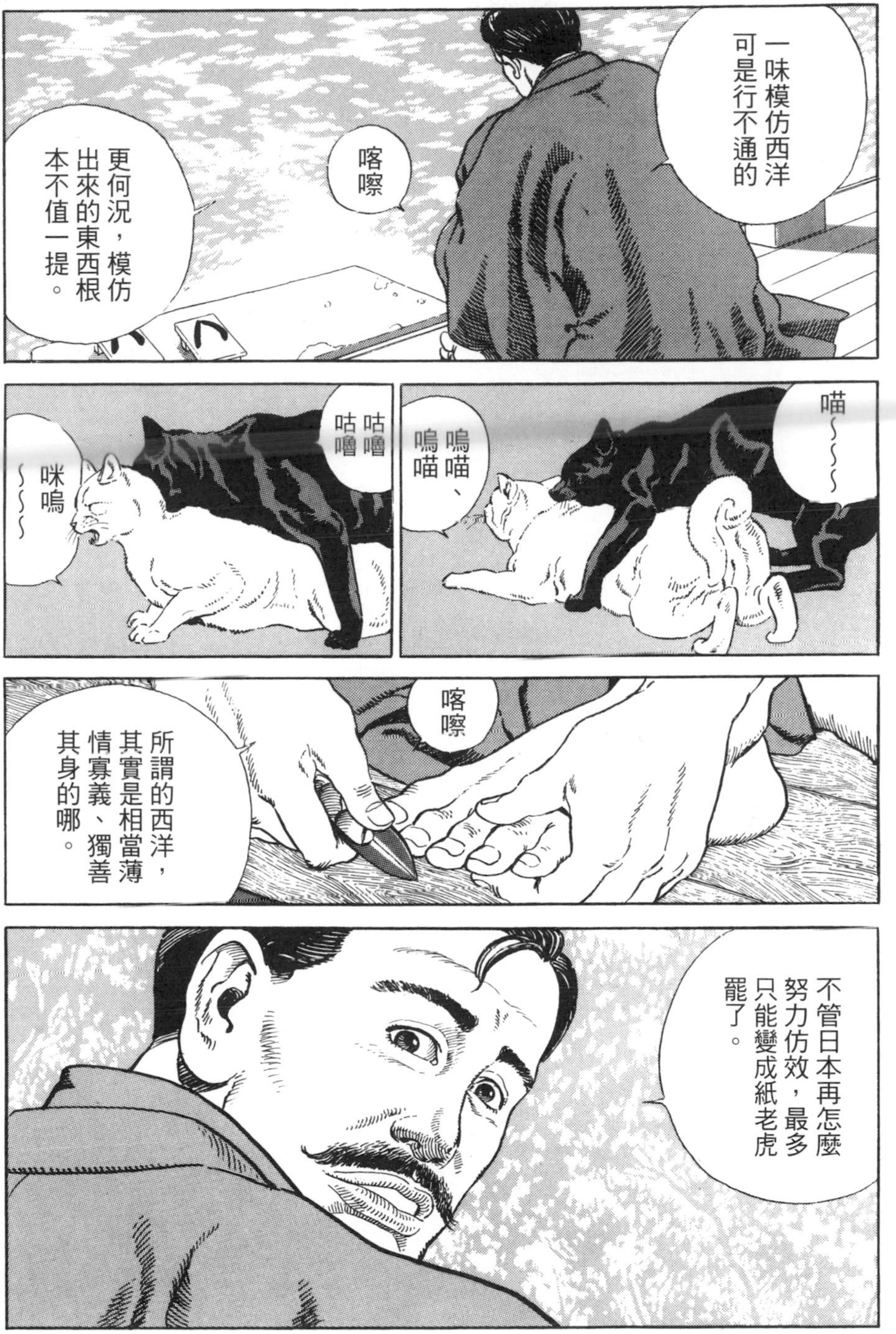
一味模仿西洋
可是行不通的
喀嚓
更何況，模仿出來的東西根本不值一提。
喵～～～
嗚喵、嗚喵
咕嚕咕嚕
咪嗚～～～
喀嚓
所謂的西洋，其實是相當薄情寡義、獨善其身的哪。
不管日本再怎麼努力仿效，最多只能變成紙老虎罷了。

2. 石川啄木（いしかわ たくぼく）：明治時代的詩人、小說家與評論家，生於岩手縣，本名為石川一。

3. 《杜鵑》（ホトトギス）為明治 30 年正岡子規與高濱虛子等共同創刊，由合資的杜鵑社所發行的俳句文藝雜誌。夏目漱石的小說《我是貓》及《少爺》便是在這裡發表的。

你問這貓聽不聽話?根本是不理不睬。
就是說啊。
女人跟貓是同類啦。
叫她就不來,不叫又自己來了。
還會抓人。
啾、
啾、
啾啾
完全不懂得感激主人的養育之恩,
吱!
這麼說來,荒畑的女人算是山貓吧。
沙
森田的女人就是像西洋那種魅惑人的貓。
吱吱!
吱吱!
啪沙
嗯,比喻得太妙了。

一、二、
三、
四、
堀紫郎——俠客
三十歲
荒畑勝三（號寒村）
原為橫須賀海軍工廠工人，十九歲
唔……
森田米松（號草平）
第一高等學校學生，二十一歲
二、
二、
三、
四、
喀嚓
太田仲三郎
車夫兼明治大學學生，十八歲

昨天是星期四，高濱也過來了。
只要講到小說，他就特別起勁，
他說寫小說是治療神經衰弱最好的良藥。
高濱指的就是高濱清，別名高濱虛子，
算是正岡子規4的師弟，子規去世後儼然成了俳句寫生派的中堅分子，還負責《杜鵑》雜誌。
喵嗚
似乎可以暫時讓精神獲得解脫。
靠喝酒不行嗎？
呃……
不能喝酒……萬萬不可。
……

4. 正岡子規（まさおか しき）：明治時代的文學名家，出身於愛媛縣松山市，漱石的同窗好友。於俳句、短歌、新體詩、小說、評論、隨筆等有多方面的創作活動。患結核病而歿，享年34歲。

漱石會和這四名奇男子相遇，正是喝酒結下的緣分。
嘿！
啊！
咚！

兩週前——銀座
尾張町

ロビール
正宗啤酒屋
日俄戰爭爆發前夕，啤酒在都會圈大肆流行，各地紛紛出現過去沒有的啤酒屋，日本啤酒、札幌啤酒和大阪啤酒三家公司的直營酒館開始互別苗頭。
屋

5. 田樂：將砂糖和味醂調和的味噌醬塗在切塊串好的豆腐、蒟蒻或茄子等上面，再燒烤來吃的菜。

喝啊、喝啊。
喂，老兄！別一直朝這邊擠啊！
去年賣兩錢的蕎麥麵，今年漲到兩錢五分啦。
都是政府的軟弱外交不好！
吵吵、嚷嚷
在胡扯些什麼？
嗚嗚……
咳！
明明酒量不好卻嗜酒如命，從明治時代到現在，日本人一直繼承著這個傳統。
臭小子！
砰！
別看我這樣，
大爺可是站在幕臣這邊的！
那又怎樣？
那一票趾高氣昂的幕臣，害咱們吃了多少苦頭，
小書生，我可還牢牢記得啊。

6. 榎本武揚（えのもと たけあき）：幕末及明治時代的政治家、外交官及軍人。原為德川幕府的海軍將領，江戶開城後率領船艦北上逃往北海道（當時稱蝦夷），建立蝦夷共和國。1869 年，日本新政府軍攻入北海道，蝦夷共和國滅亡，榎本武揚入獄拘禁，釋放後仍被明治政府所用。

7. 大鳥圭介（おおとり けいすけ）：日本幕末及明治時代的西洋軍事學者，軍人、官僚、外交官，曾負責幕府陸軍的養成、訓練並率領精銳的傳習隊參與戊辰戰爭，蝦夷共和國滅亡後入獄拘禁，釋放後仍被明治政府所用。

8. 山縣有朋（やまがた ありとも）：長州藩的下級武士出身，曾任日本內閣總理大臣、陸軍大將，權傾一時，明治 33 年第二次山縣內閣時曾制定治安警察法，嚴格取締政治集會、罷工和社會運動。

9. 戊辰戰爭：1868 年 1 月到 1869 年 5 月，幕府時代末年在王政復古中成立的明治新政府聯合長州藩和薩摩藩，擊敗末代將軍德川慶喜等幕府勢力的內戰。因 1868 年為戊辰年，故有此名。

10. 明治36年5月，出身於北海道的第一高等學校男學生藤村操於華嚴瀑布投水自殺，現場遺留下來的遺書「頭之感」一語，洋溢著濃烈的厭世觀，是當時知名的社會案件，也造成該地出現大量的自殺追隨者，更讓在該校任教的夏目漱石受到極大的精神打擊。

11. 朴資茅斯條約：為了爭奪中國東北和朝鮮半島而爆發的日俄戰爭結束後，雙方在美國朴資茅斯議和，日本取得對庫頁島南部、南滿州（中國東北南部）的控制及穩固對朝鮮的統治。旅順、大連租借地以及東清鐵路長春以南段（後來的南滿鐵路）均落入日本手中，但由於龐大的軍費支出造成財政困難，民眾對和談成果深感不滿，9月5日於東京日比谷公園集會抗議時，釀成縱火暴動。

哐
噹！
喔！
哇啊啊啊啊
啊啊啊——
喂！
快點下來啊。
這個大叔，
到底想幹嘛?!
嘩啦
嘩啦
啊啊
喂、
小心點！
你這醉鬼，
給我安分點！
喀
咕嘟！
哇、哇
啊啊！
咚
啊——
好啊！再
來，再打
啊！
呀呼…!!

日本動盪不安的時代，就此揭開序幕。
砰砰磅磅
國木田獨步[12]，
當時三十四歲。
石川啄木，
當時十九歲。
嘩啦
極上

12. 國木田獨步（くにきだ どっぽ）：本名國木田哲夫，出生於日本千葉縣，明治時代的著名詩人及小說家。

五個人就這樣在築地警察局的拘留室昏昏沉沉地睡到隔天早上。
酒醒後，漱石感到責任重大，不但幫其他被拘留的人擔保，還賠償啤酒館四十日圓，以彌補店內的損失。
後來，這四名青年經常到漱石家中作客。

喝酒果然還是不好啊！
不但害我頭痛，
家裡還會跑來奇怪的客人，開銷也變大了。
……
……
對了，新小說的題目，老師您決定好了沒？
定下來了。
叫什麼呢？
啾、
啾啾
啾、
……少……爺……
……您說什麼？

少爺！
明治三十八年十一月，漱石構思《少爺》這部作品，終於有了頭緒。

第二章

漱石對《少爺》的初期構想

吾輩は猫である
漱石
吾輩は猫である。名前はまだ無い。
どこで生まれたか頓と見当がつかぬ。
だけは記憶している。吾輩はここで始め
という人間中で一番獰悪な種族であった
という話である。然しその当時は何とい
の掌に載せられてスーと持ち上げられ
上で少し落ち付いて書生の顔を見たの
と思った感じが今でも残っている。第
その後猫にも大分逢ったがこんな
うしてその穴の

在一年前，也就是明治三十七年六月，有隻貓闖進漱石在本鄉區千駄木的宅邸。
就算被鏡子夫人扔出去好幾次，小貓依然相當難纏。

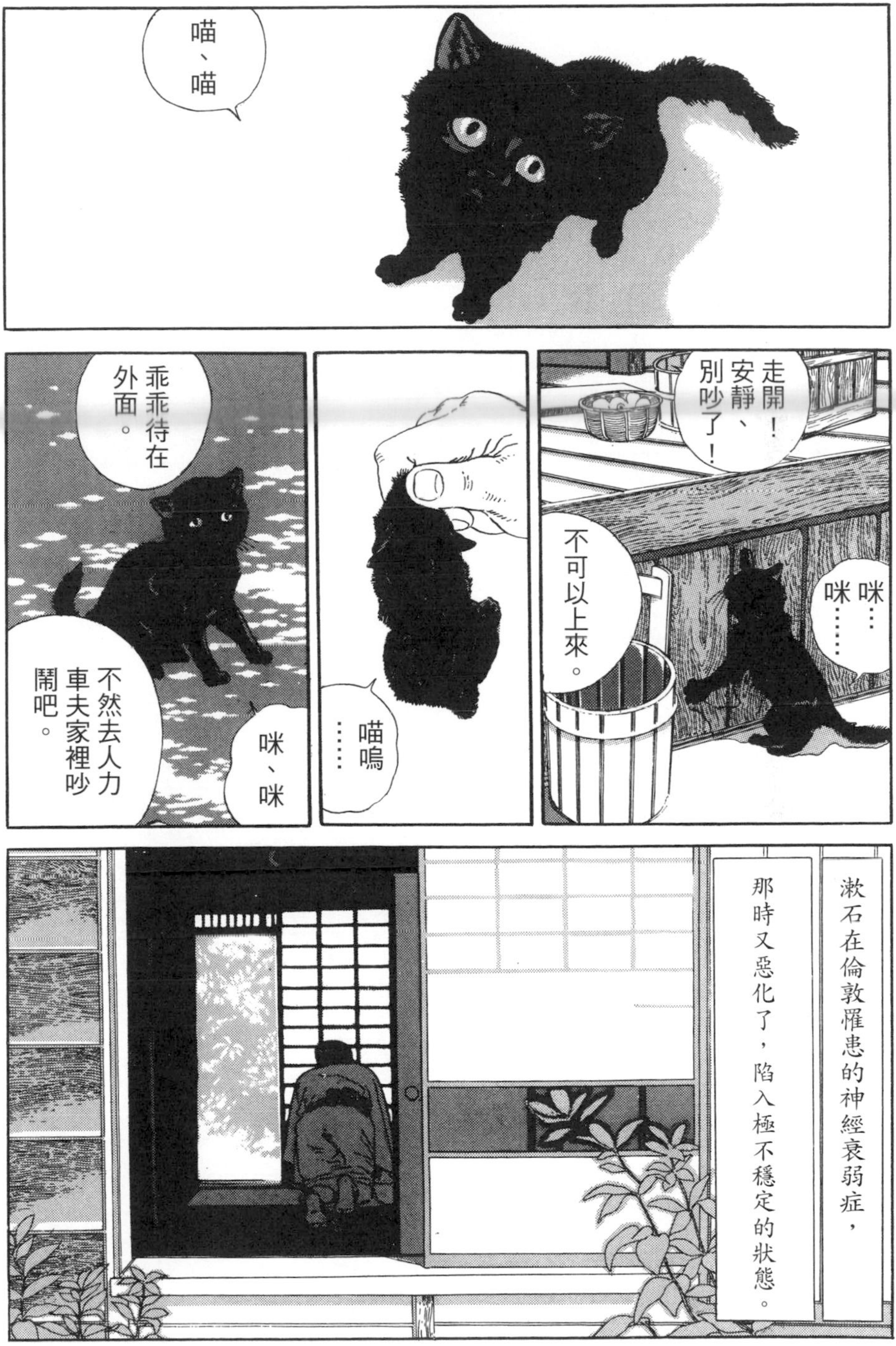
喵、喵
走開！安靜、別吵了！
咪……咪……
不可以上來。
喵嗚……
乖乖待在外面。
不然去人力車夫家裡吵鬧吧。
咪、咪
漱石在倫敦罹患的神經衰弱症，
那時又惡化了，陷入極不穩定的狀態。

唔唔……
咪、咪、
喵喵～
咦？
意外發現小貓的漱石，覺得留下牠應該不要緊吧？
喵、喵、
優柔寡斷的他一直拿不定主意。

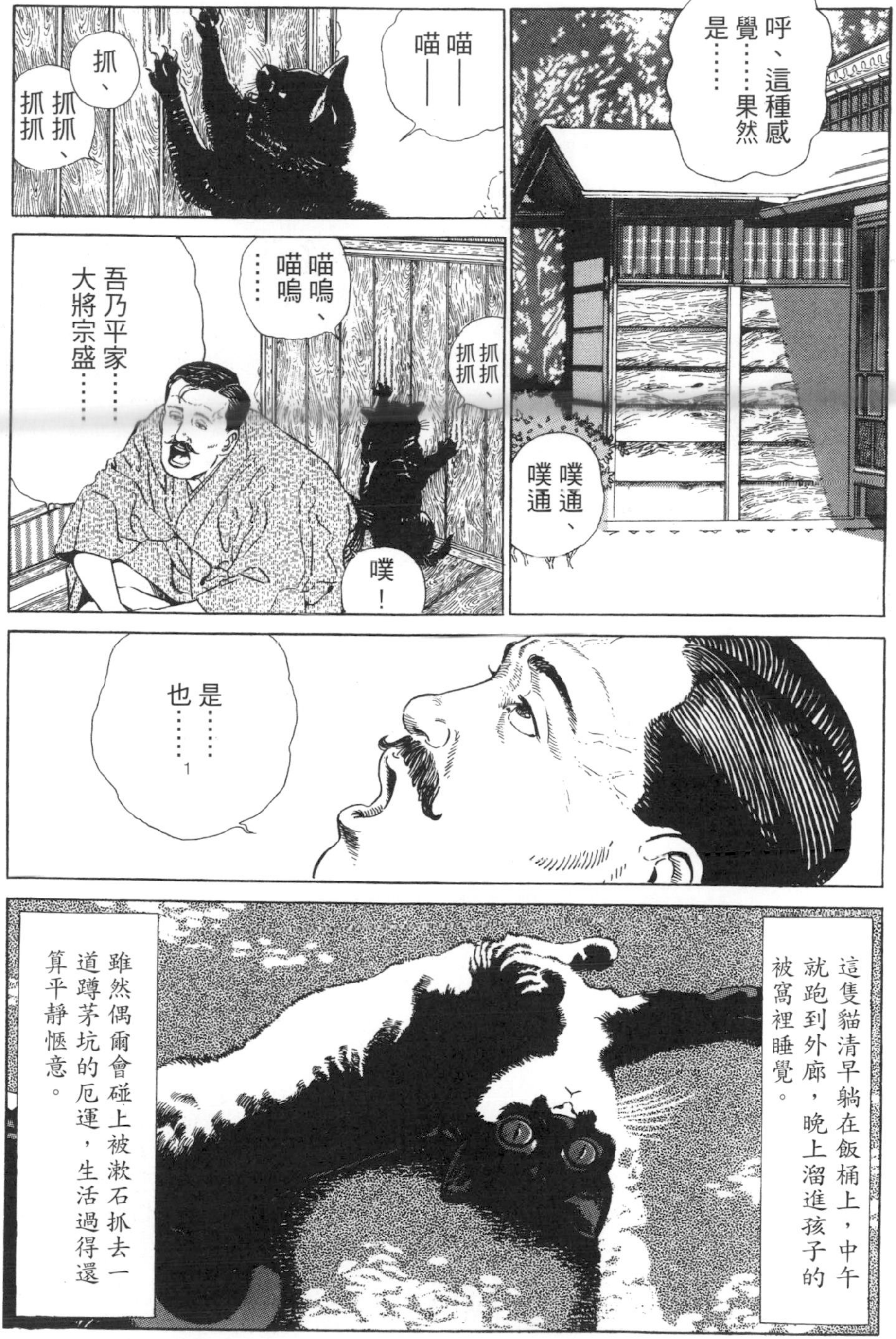

1. 平宗盛（たいらのむねもり）：日本平安時代武將。此處是夏目漱石的小說《我是貓》的情節，故事主角「貓」所寄居的那戶人家，一家之主的教師「苦沙彌」在如廁時，在茅房裡大唱源平合戰謠曲。

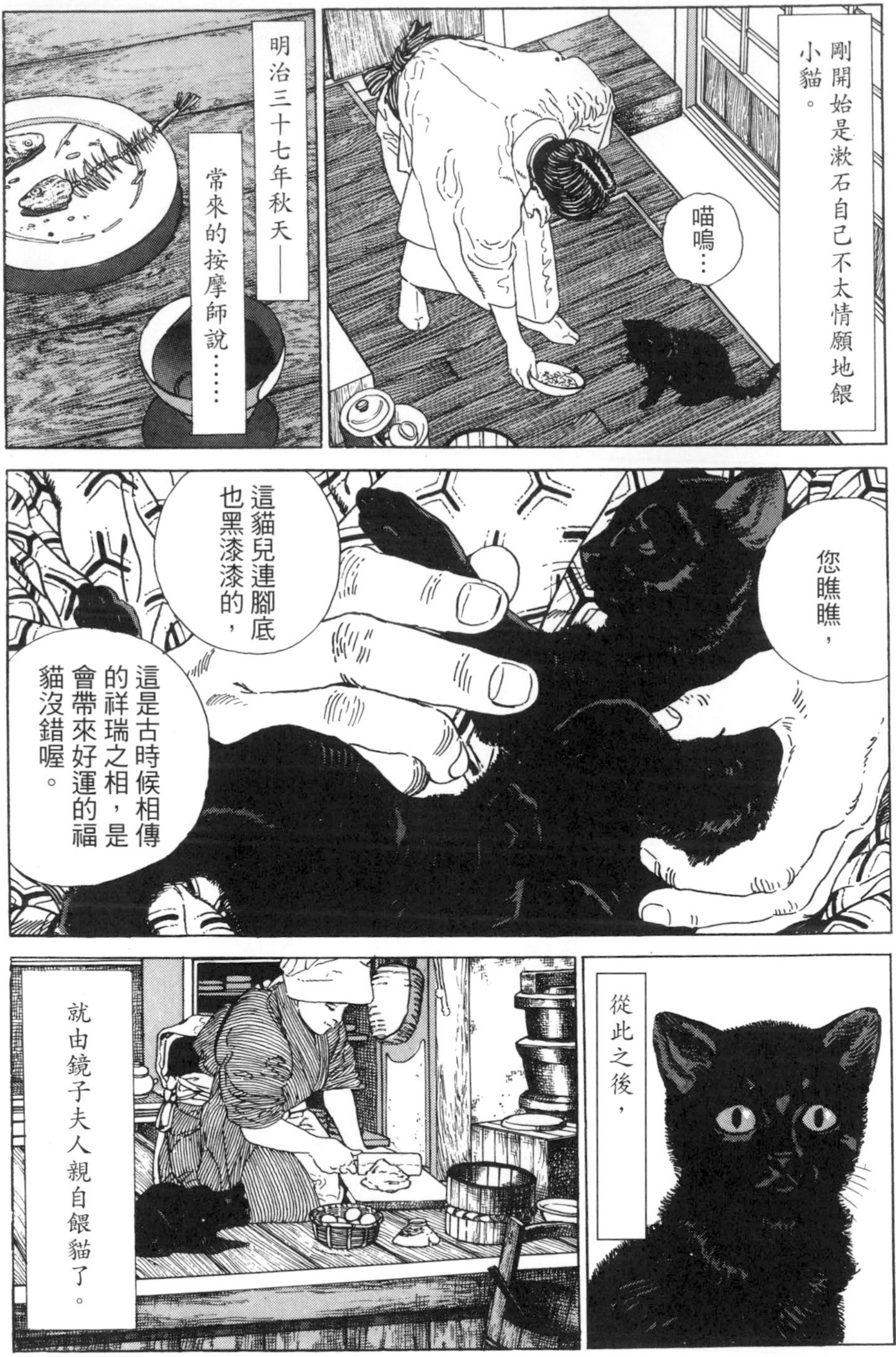
剛開始是漱石自己不太情願地餵小貓。
喵嗚……
明治三十七年秋天——
常來的按摩師說……
您瞧瞧，
這貓兒連腳底也黑漆漆的，
這是古時候相傳的祥瑞之相，是會帶來好運的福貓沒錯喔。
從此之後，
就由鏡子夫人親自餵貓了。

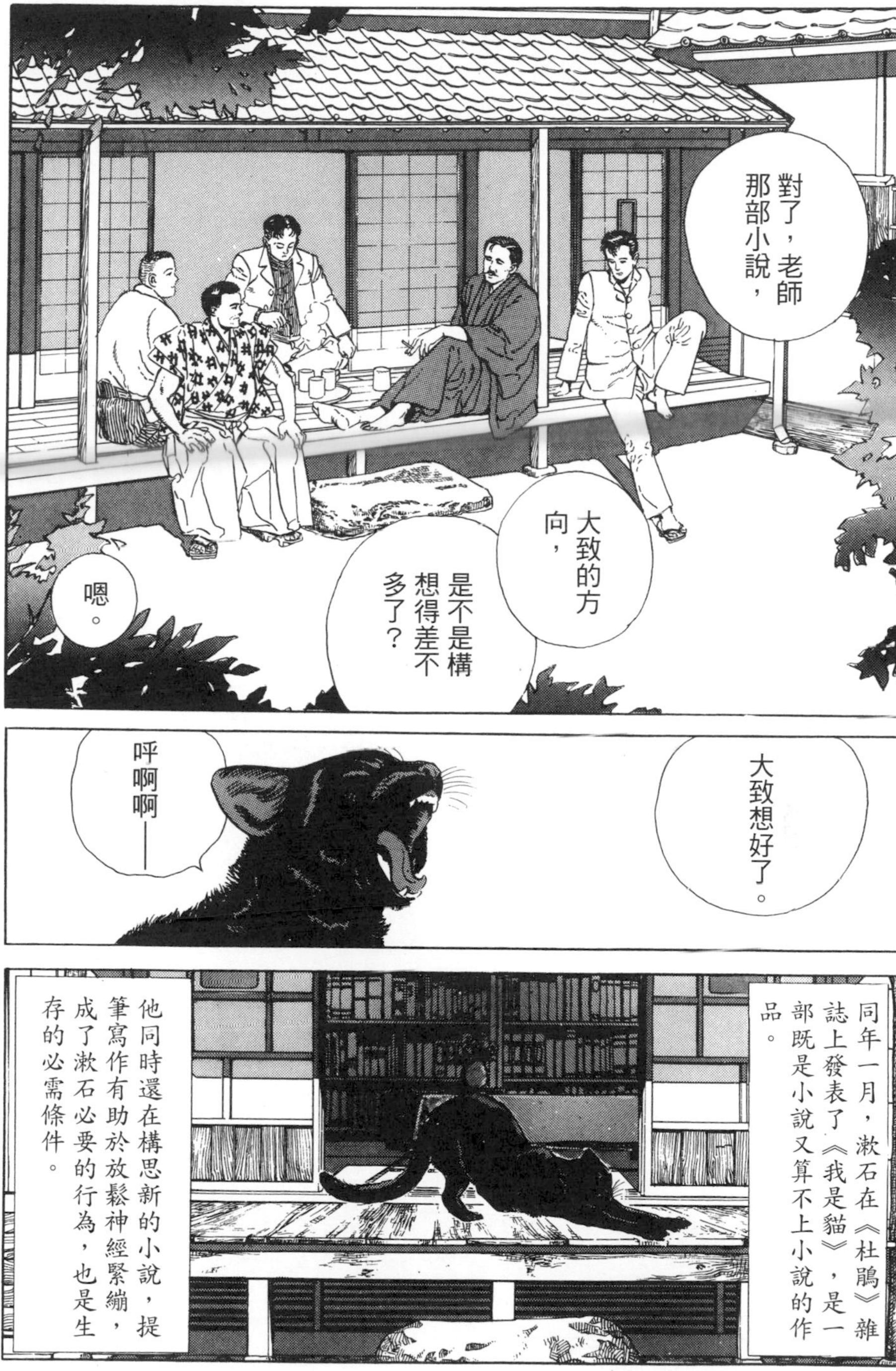
對了，老師那部小說，
大致的方向，是不是構想得差不多了？
嗯。
大致想好了。
呼啊啊——
同年一月，漱石在《杜鵑》雜誌上發表了《我是貓》，是一部既是小說又算不上小說的作品。
他同時還在構思新的小說，提筆寫作有助於放鬆神經緊繃，成了漱石必要的行為，也是生存的必需條件。

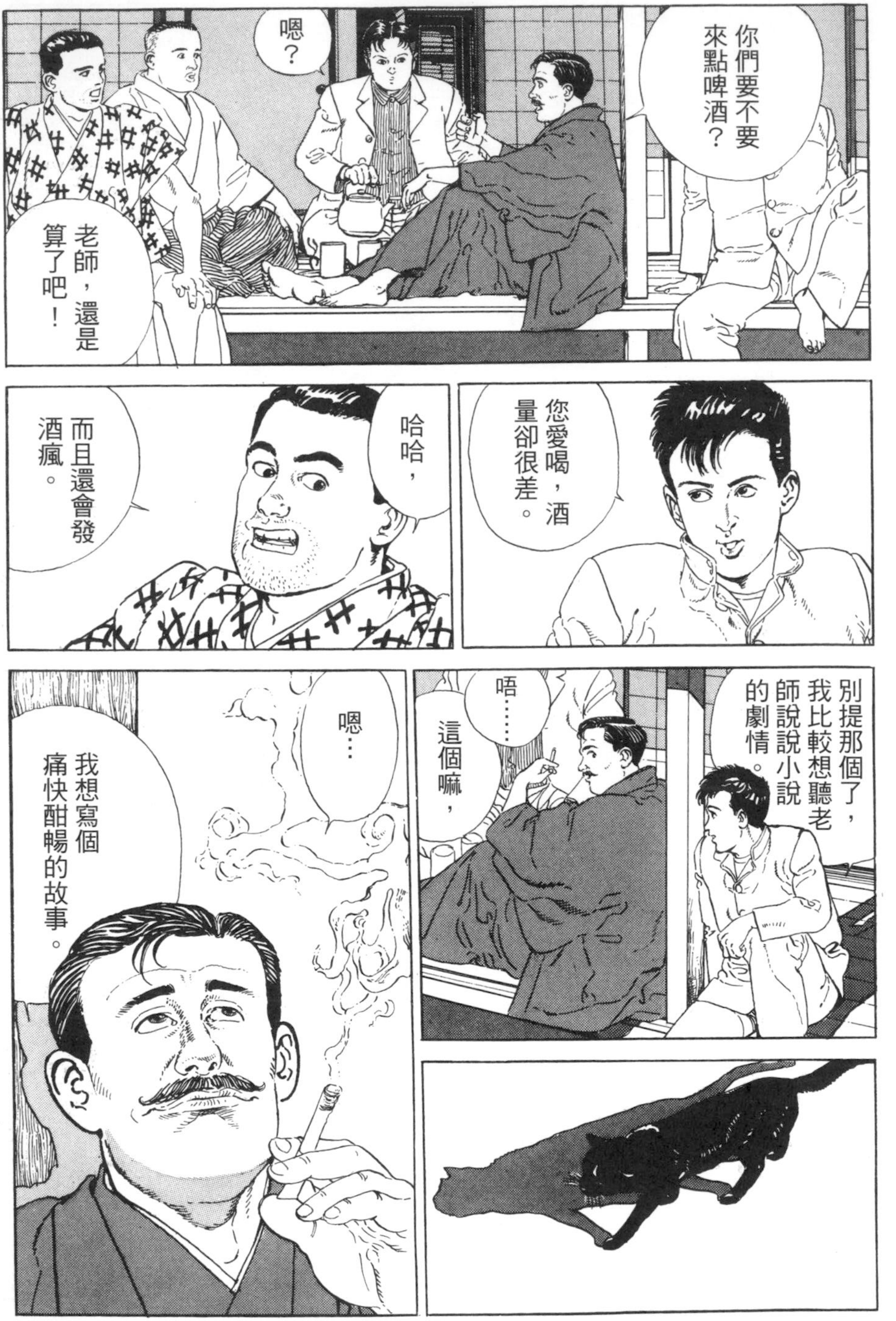
你們要不要來點啤酒？
嗯？
老師，還是算了吧！
您愛喝，酒量卻很差。
哈哈，
而且還會發酒瘋。
別提那個了，我比較想聽老師說說小說的劇情。
唔……
這個嘛，
嗯…
我想寫個痛快酣暢的故事。

呼、呼、
寫故事可沒有那麼簡單啊。
會出現男女之間的戀愛橋段嗎？
呵呵…
森田為了戀愛而煩惱，動不動就往那方面想。
咕嘟～
你還說我，
明知道那女人是個大麻煩，還對她垂涎三尺？
哼哼…
這陣子森田草平在九段中坂的女性文學講座擔任講師，聽講生平塚明子若有似無的誘惑視線吸引他的愛慕，使他的心情煩悶不已。
荒畑勝三則是結識大他七歲的管野須賀子[2]，她火爆而倔強的個性讓他吃盡苦頭，卻又無法狠心拋下。

2. 管野須賀子（かんの すが，1881-1911）：明治時代的記者、作家、社會主義運動家。

3. 硯友社是明治時代的文學團體。由尾崎紅葉、山田美妙等人於 1885 年創立，創辦刊物《我樂多文庫》，主要的主張是推崇回歸古典形式的寫實主義，並追求文學的通俗娛樂價值。

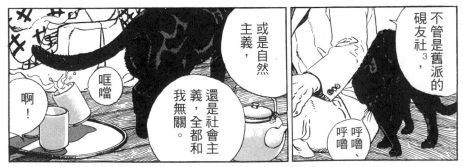

嗒
嗯……
有點像曲亭馬琴4那種勸善懲惡的故事。
主角是江戶男兒，
身手相當了得，可惜身材有些矮小……
這個好！
正合我胃口。
跑掉了！
舞臺則是鄉下地方，
叭噗、叭噗、
叭噗、賣豆腐啊……
汪汪！
說起鄉下……我只知道松山和熊本而已。
豆腐——剛炸好的油豆腐——油炸豆腐糰5——
我在這兩個地方當過老師。

4. 曲亭馬琴（きょくてい ばきん）：日本江戶時代的通俗小說作家，本名為瀧澤興邦，「曲亭馬琴」為他使用的許多筆名中的一個，代表作為《南總里見八犬傳》。

松山就是個軟趴趴、有點娘娘腔的地方。
唯一可取之處就是溫泉，非常壯觀。
當地人講話吊兒郎當的語氣真讓人火大，鄉下火車比不上東京的電車……只記得這些了。
豆腐——
豆腐——
熊本更不值得提，根本沒留下什麼印象。
老師，主角是個什麼樣的男人？
這個嘛……
他是個……
這是個高潮迭起、緊張刺激的誇張故事，所以……
唰
是個英雄豪傑嘍？
不對，
沙沙
篇名既然叫作「少爺」，主角是個體格健壯，長相眉清目秀的青年。

5. 原文是がんもどき，將豆腐搗碎後混合紅蘿蔔、蓮藕或牛蒡等蔬菜，再捏成糰子油炸來吃，或是在精進（素食）料理被當作肉類的替代品。

個性如同江戸男兒，還沒動口就先動手了。
嗯……就這麼寫吧。
他去鄉下做什麼呢？
當然是去教書了。
我要是無法基於自己的經驗來描寫，小說就一個字也寫不出來了。
這不就是自然主義嗎？
我說的是參酌自己的經歷，
要是原封不動地照寫，根本得不到什麼解脫。

要有確切的事實根據，虛構的部分也得要枝繁葉茂才行。
唔……
這樣來寫很好，換個寫法可能會更有趣。
描寫那種不合時宜的人物，似乎也不錯。
呼呼……
這麼說來，小說就像……
腦子突然憑著一股氣勢迸發靈感，不認輸地猛放屁。
頭上放屁？
嗯。
老師比喻得真妙！
他是個教師，雖然血氣方剛，多少有些學識，
最後不把壞人狠狠地打得落花流水，是嚥不下這口氣的。

因此，他也懂得武術……
等於是現代的說書嘛，
我最喜歡這種題材了。
你不是在講道館6練柔道嗎？
是的，我可是柔道三段呢！
想摔人卻被壓制在地，還算是三段嗎？
別提了，那是身體不舒服又喝醉了，才會……
嗯，也好，
呼……
等會兒你跟我說說，一些招式是怎麼使出來的。

6. 講道館：在明治 15（1882）年由柔道家、教育家嘉納治五郎為了推廣柔道所創立的道場，坐落在日本東京文京區，後來成為公益性質的財團法人，一直延續至今。

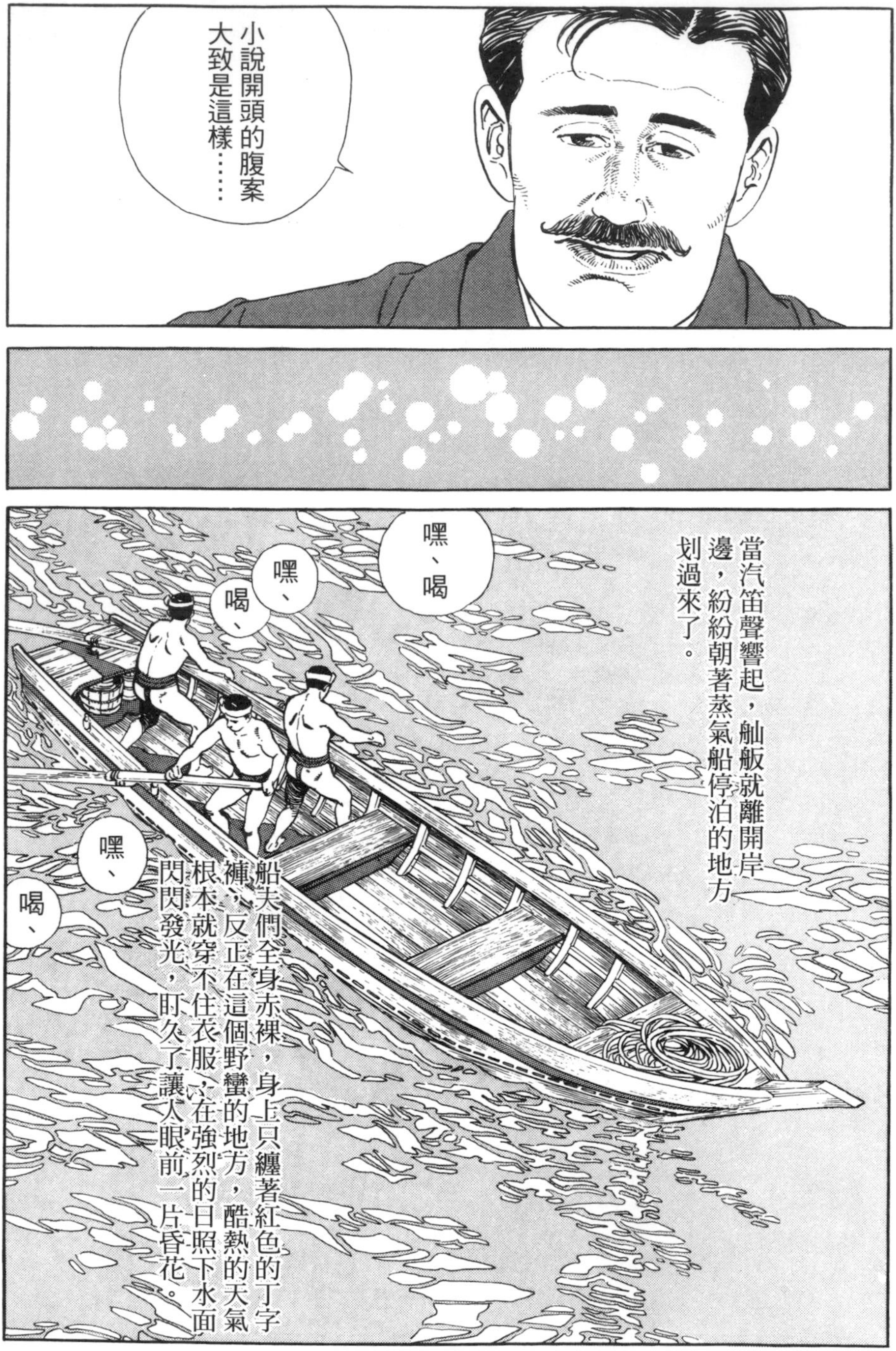
小說開頭的腹案大致是這樣……
當汽笛聲響起，舢舨就離開岸邊，紛紛朝著蒸氣船停泊的地方划過來了。
嘿、喝
嘿、喝、
船夫們全身赤裸，身上只纏著紅色的丁字褲，反正在這個野蠻的地方，酷熱的天氣根本就穿不住衣服，在強烈的日照下水面閃閃發光，盯久了讓人眼前一片昏花。
嘿、喝、

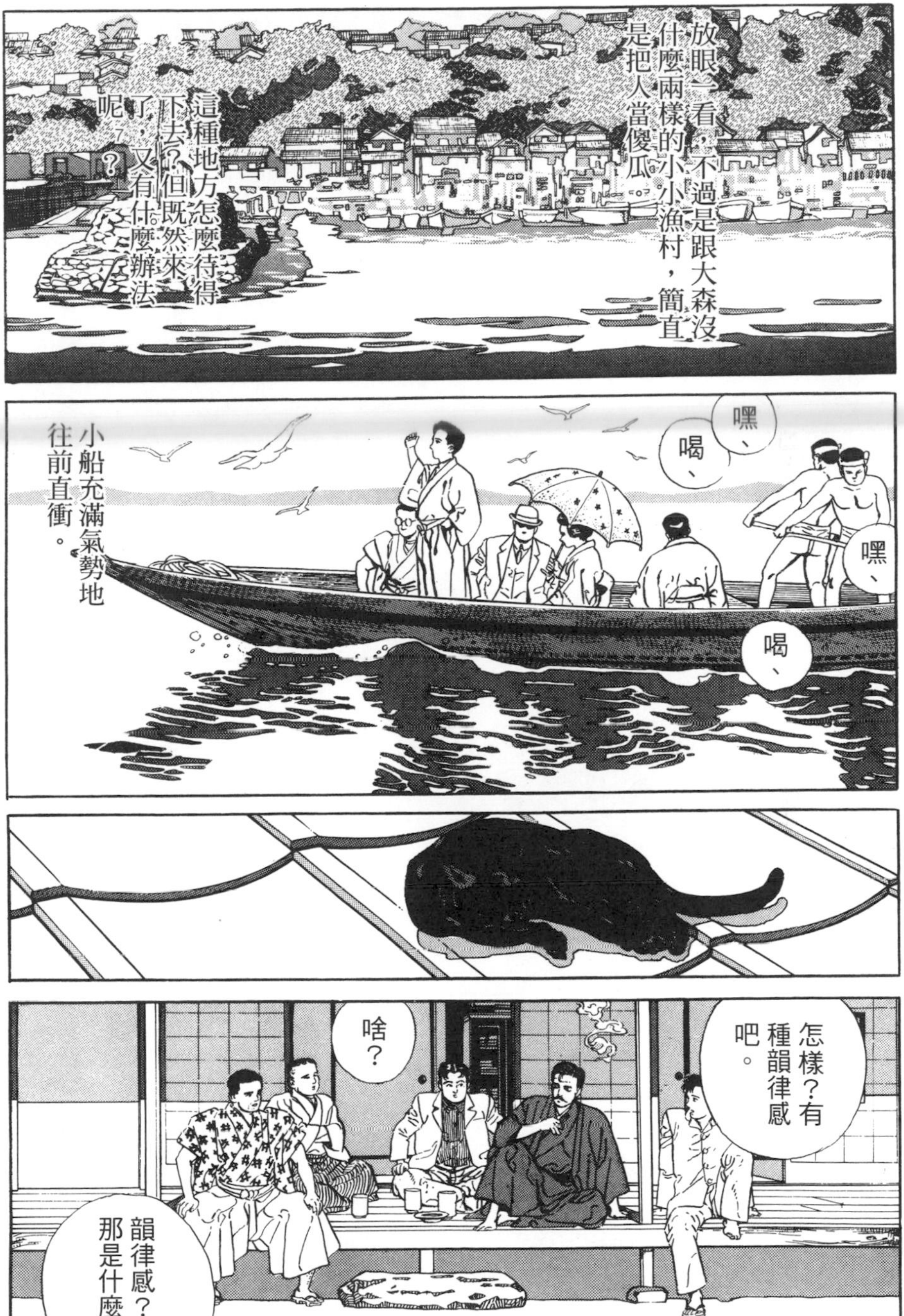
放眼一看，不過是跟大森沒什麼兩樣的小小漁村，簡直是把人當傻瓜
這種地方怎麼待得下去？但既然來了，又有什麼辦法呢？[7]
嘿、
喝、
嘿、
喝、
小船充滿氣勢地往前直衝。
怎樣？有種韻律感吧。
啥？
韻律感？那是什麼？

7. 此處引用的是《少爺》一書第二節開頭，前往松山的中學應聘教職的主角剛剛抵達港邊時的內心獨白。

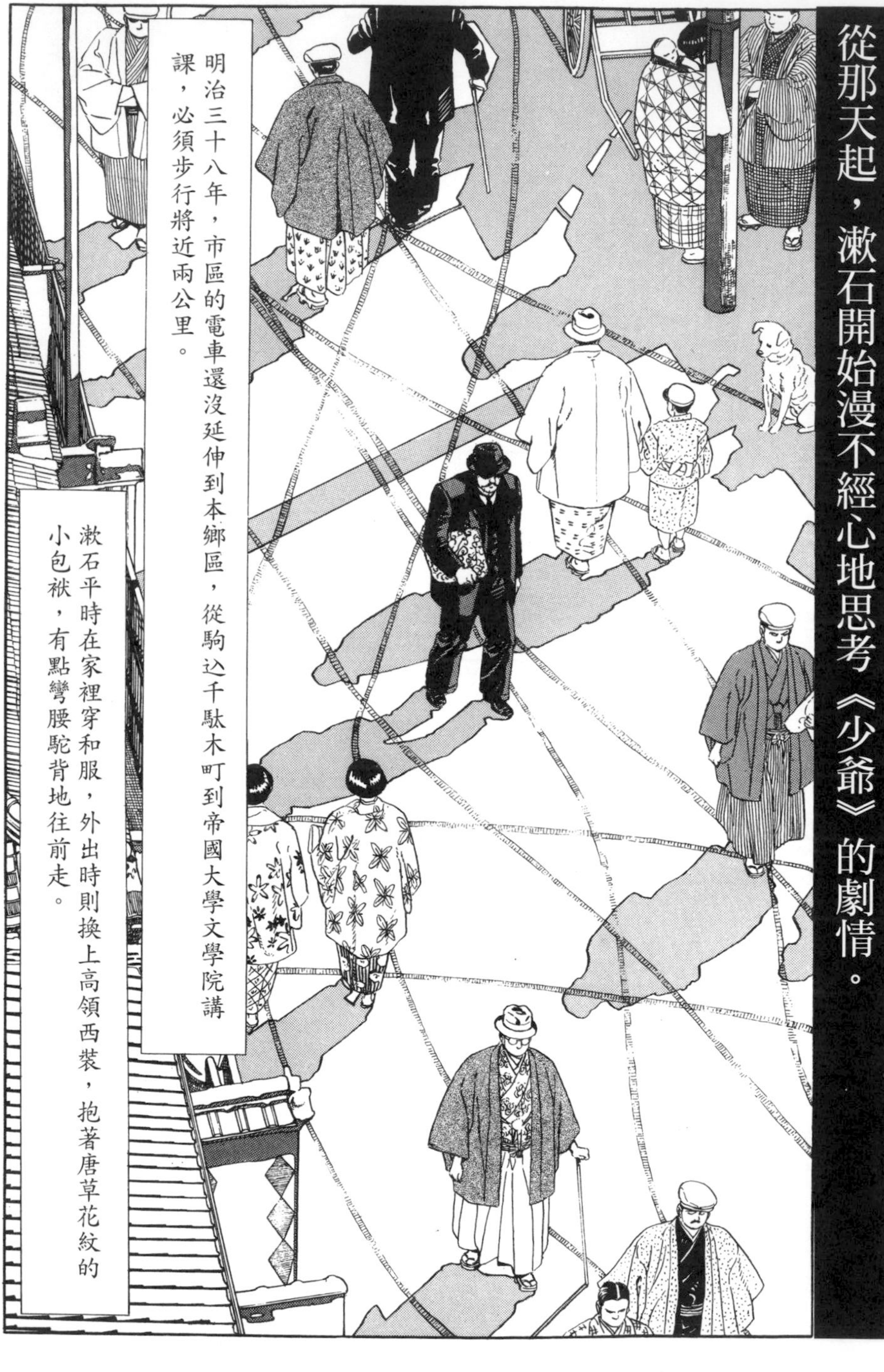
從那天起，漱石開始漫不經心地思考《少爺》的劇情。
明治三十八年，市區的電車還沒延伸到本鄉區，從駒込千駄木町到帝國大學文學院講課，必須步行將近兩公里。
漱石平時在家裡穿和服，外出時則換上高領西裝，抱著唐草花紋的小包袱，有點彎腰駝背地往前走。

漱石非常害怕和其他人對上視線，
他一直有自己正被他人監視、偷看的妄想症或幻想病，
自從去倫敦留學後，他就對「窗子」懷抱著恐懼。
一定有人躲在窗簾後頭偷看自己，就算是開放的日本傳統房舍，他也討厭窗戶，比較偏愛外廊。
叭叭—
叭叭—
嘟、嘟
漱石的酒量不佳，寫小說是逃離強迫性神經症的唯一手段，在執筆《我是貓》時，他沒預先設定劇情梗概，就是一名身為知識分子的病患寫下自我觀察日記，也像是治療日記。

症狀逐漸痊癒的漱石第一次寫下有大綱的小說，不只是為了逃避，也有自我娛樂的企圖存在。
叭
叭
叭
叭

嘟嘟、
嘟、
嘟
噗、
噗、
噗
漱石的疾病象徵著日本人初次在近代社會自我覺醒時的苦惱，或許也同樣代表了當時日本的知識分子一方面憎恨西歐，卻又不得不向西歐學習的兩難困境。

第三章

明治三十八年秋天的日本

授課之餘，漱石經常去帝大文學院旁邊的無名池畔抽菸，一邊放鬆休息，一邊想像小說劇情。
1、少爺
2、紅襯衫 白人
3、穿著紅襯衫的高大教師
他一個人自得其樂，
想像著穿著紅襯衫，受聘來教書的外國人講師。
呼——

喝～～
啊呀～～
嘿～～
喝啊～
嘿、
呀～
咿呀～～
嘿～
噠
喝啊——
哼！
呃呃呃——
噗通
喔喔，

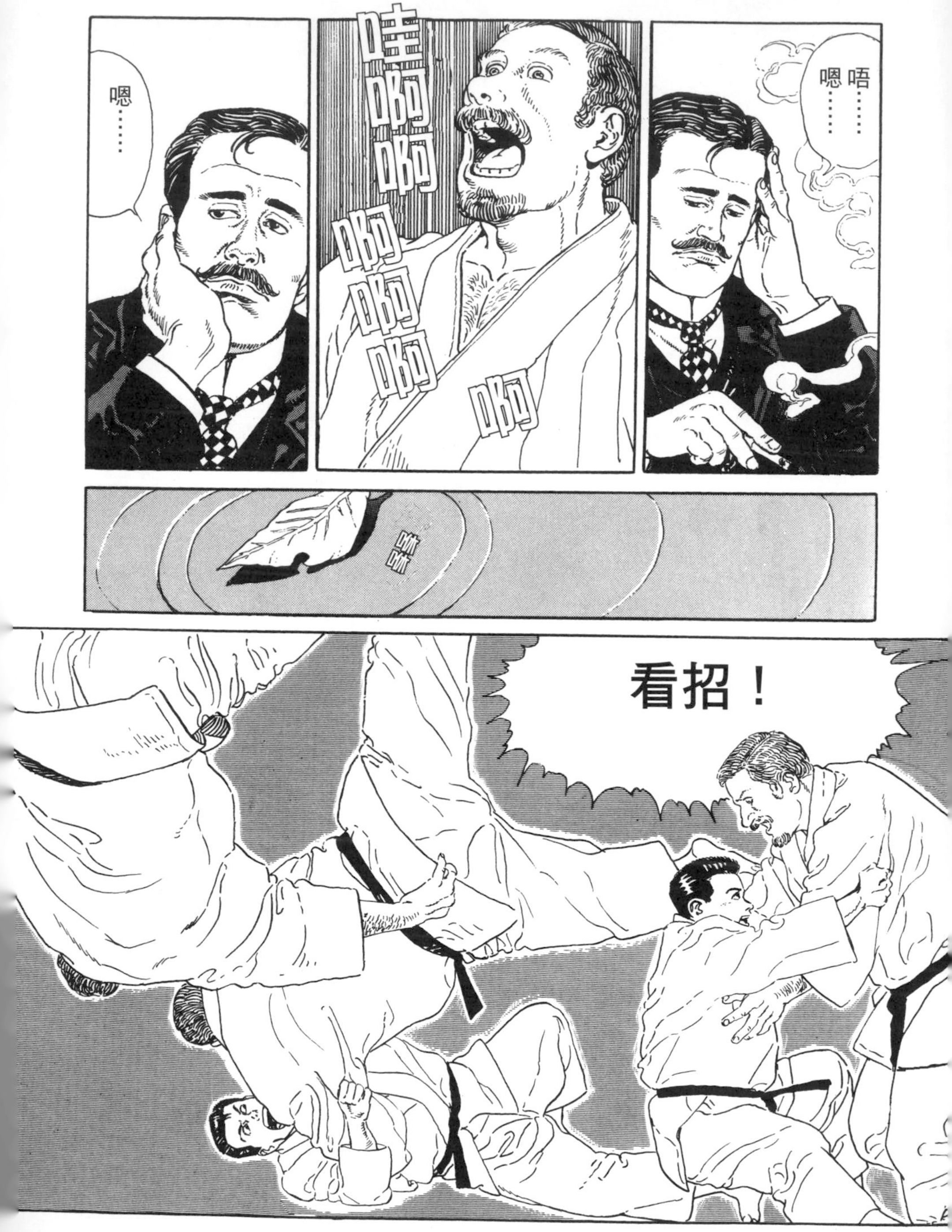
唔……
嗯……
哇啊啊啊啊啊啊
嗯……
咻咻
看招！

哐
噹
嗚哇啊啊啊啊
噗通
呃啊！
哼哼！
身為英國文學專家的漱石是很討厭西歐的。

漱石在明治三十三年從橫濱出發踏上英國留學之路，三十六年時從神戶返國，後來他在《文學論》的序文中寫道：
「此行乃身奉官方之命，並非出於自我意志決定，倘若能自行決定，本人一生絕不會踏足英國土地一步！」
「在英國的兩年生活，極不愉快。」
Bank of England
少爺和紅襯衫對峙
紅襯衫—白人
松山中學的走廊
花瓣飛舞
穿紅襯衫
武道場
少爺和紅襯衫
將他摔飛出去
紅襯衫
有事嗎？
問你一個問題，
在你們的語言裡頭，
到底有幾個字的發音，是把gue讀做gyu-的？
唔……
寄給正岡子規的耶誕明信片

日本有三個，全都是來自大陸[1]的外來語。
喔，是嗎？
我的國家一切還在建設當中，東方的弱小國家為了不要淪為列強的餌食，
也只能萬般不情願地學習你們的文明。
喔。
更別提，
為了聘用你這種無處可去的西洋人擔任外國講師，不得不忍痛支付高昂的薪水。
……
恕我失陪！

1. 此處應指辛亥革命前的大清國。

呼——
老師——
夏目老師
嗯？
沙
沙
沙
你好。
在想事情嗎？
看您一下子露出沉穩的微笑，一下子又握緊拳頭、咬牙切齒的，
雖然好端端坐著，感覺您還挺忙的。
哈哈……
我有嗎？

漱石要去位於神田駿河臺南甲賀町的明治大學教課，堀紫郎也一路同行。
兩人經過元富士町前田府邸的朱紅大門[2]，打算走到本鄉三丁目的交叉口搭市區電車。
當時，電車的車資是每趟三錢。
喀啦
喀啦
喀啦
喀啦
嗶嗶——
嗶——

2. 此處指的是原本江戶城內加賀藩前田家府邸的朱紅木造御守殿門，即日後東京大學本鄉校區的「赤門」。

嗶嗶嗶——
停下來
嗶!
嗶!
還跑!
喀啦喀啦
!!
咦?
那不是太田嗎?
喀
喀
喀
哇!
咔
唉呀!

噗通
啊呀——
混帳！
給我起來！
咚
咚
別這樣！
少囉唆！
痛毆！
碰
啊！
嗚啊啊——
抓緊
哼！

看招！
哇啊、
噗通
臭小子——
喀
呃呃⋯
站住！
唰唰
喀
啊！
嗒踏
踏踏

唉啊，
哇！
咚
咚咚
等等…
嗚…
嗯！
嗚
給我閃開——!!
住手—
噗通
折起

看招！
扣咚
……
打算跟官府作對嗎？
才沒有這回事，
是他們先衝過來，才會撞成一團。

事出突然，請恕我失禮。
你的身手還不錯，看來是舊士族出身吧？
不是的，
只是一介無依無靠的遊民。
真難得，殘存的武道高手在新時代能夠生存，還真不簡單。
那個拉黃包車的學生，必須跟我們走一趟。
……喂喂……等、等一下！
是！
喂～伊集院先生，
您是伊集院先生吧？
唉呀，
還真巧，
這位車夫其實是我的學生，
他是我的老朋友。
……
不過是些小小爭執，應該用不著勞動警官出手吧？

我可以幫他們擔保。
這樣嗎？
是夏目先生認識的人？
謝啦。
好吧！下不為例，我記住你們兩個了。
對了，夏目先生，
您在帝大講授《馬克白》，課程都上完了嗎？
還沒，
我只顧著講解接頭詞和接尾詞，弄得進度停滯不前。
您對語源學實在太嚴格了。
那個逃跑的客人是誰？
我怎麼知道？
講話聽起來像是外國人，可能是朝鮮人或中國人吧？

這個傢伙氣喘吁吁地跑來搭車，
才走沒多遠，警察就叫我停下車。
看警察不順眼，不管三七二十一拔腿就先跑了。
這是我的老毛病，看到穿制服的人就忍不住想頂撞。
還是不要被警方給盯上比較好。
他搞不好是個社會主義者，
要是牽連上了，就會沒完沒了。
老師您認識那位警視？
嗯……
在留學國外時，
有些因緣……

明治三十五年，池田菊苗[3]結束德國留學，回國途中順道前往倫敦探訪漱石，當時漱石鎮日不出房門，瘋狂地埋首苦讀，面貌有如惡鬼一般。
他不斷向池田訴苦，說自己恨不得一死了之。
日本文部省收到「漱石發狂」的報告，命令當時東京警視聽派往巴黎的留學生伊集院影韶趕往倫敦，陪漱石返國。
啪
啪沙
啪沙
啪沙
啪沙
漱石卻不肯跟伊集院同行，直到那年年底才獨自動身回國。
而伊集院則是翌年春天由馬賽回到日本，還被晉升為外事警視官。

3. 池田菊苗（いけだ きくなえ）：日本化學家，東京帝國大學教授，曾取得味精調味料的專利，影響日後知名品牌「味之素」的成立。明治 32（1899）年時，留學德國研究物理、化學，並曾暫訪倫敦，與夏目漱石同住在一個宿舍，兩人交情不錯。

漱石等三人步行到尼可萊堂[4]，喝了一瓶三錢的彈珠汽水。
接著，漱石又聊起《少爺》的劇情，告訴堀紫郎和太田仲三郎主角如何教訓了毫無教養的外國教師一頓。
怎麼樣？
這樣夠痛快嗎？
咕
咕咕
咕
咕嚕
咕嚕
是啊！
真是大快人心啊，老師！
……

4. 尼可萊堂（ニコライ堂）：即東京復活主教座堂，位於東京的神田駿河土，也是日本第一座東正教教堂。

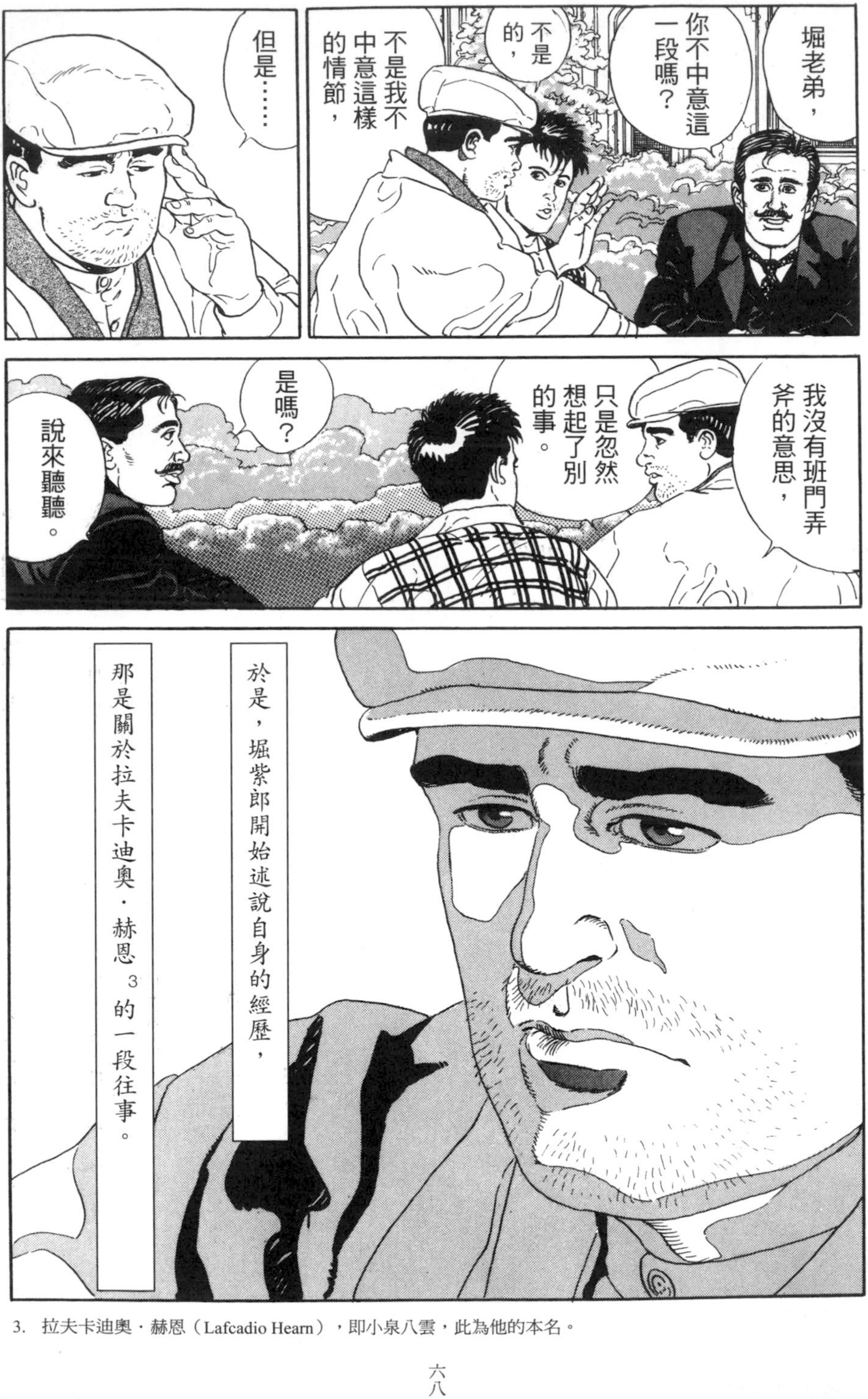
堀老弟，
你不中意這一段嗎？
不是的，
不是我不中意這樣的情節，
但是……
我沒有班門弄斧的意思，
只是忽然想起了別的事。
是嗎？
說來聽聽。
於是，堀紫郎開始述說自身的經歷，
那是關於拉夫卡迪奧．赫恩3的一段往事。

3. 拉夫卡迪奧・赫恩（Lafcadio Hearn），即小泉八雲，此為他的本名。

第四章

漱石的負像[1]

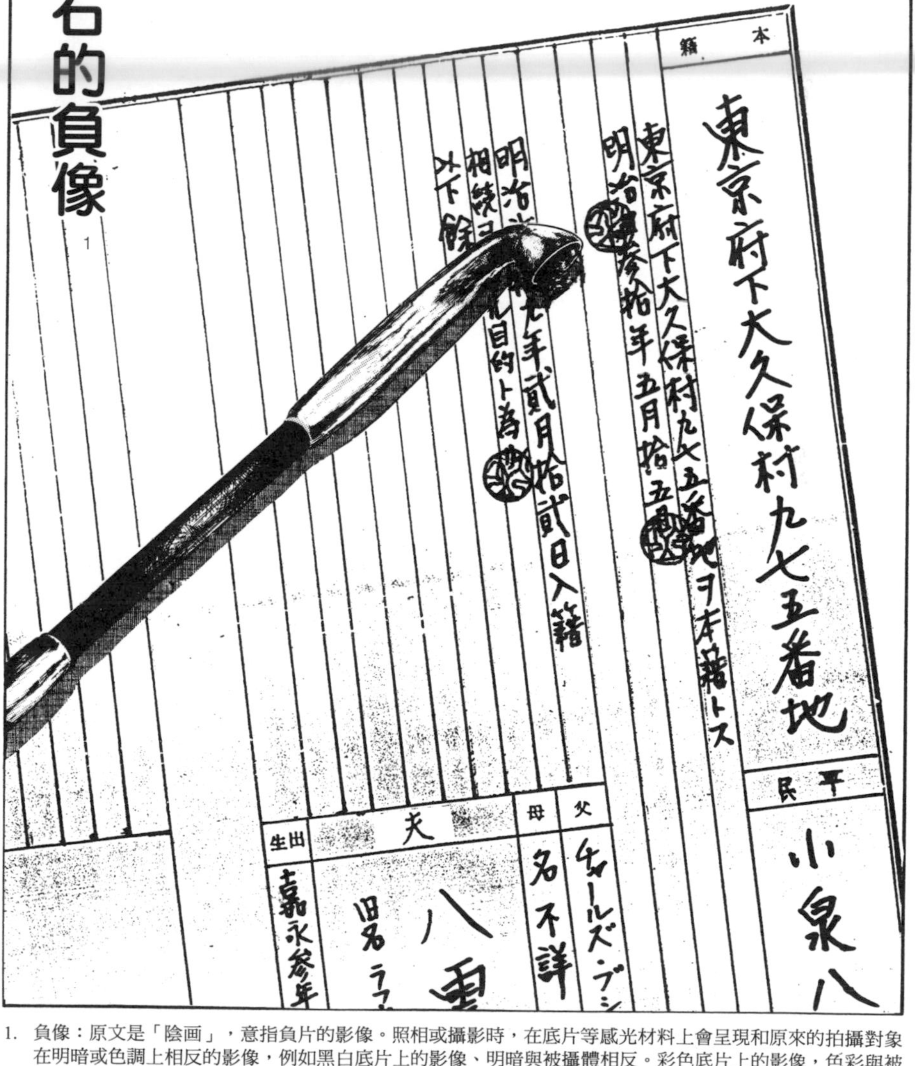

1. 負像：原文是「陰画」，意指負片的影像。照相或攝影時，在底片等感光材料上會呈現和原來的拍攝對象在明暗或色調上相反的影像，例如黑白底片上的影像、明暗與被攝體相反。彩色底片上的影像，色彩與被攝體互為補色，這就是負像（negative image），原文可能藉此隱喻夏目漱石和小泉八雲兩人雖然立場和國籍截然不同，生命經歷和思想卻有其相似處。

當我在大學文學院的池塘畔看到老師時，
就想起幾年前在同一個地方，曾經遇到赫恩老師……
實在太像了。
兩位不管是坐姿或是抽菸的神情都一模一樣，
不過，赫恩老師用的是日式菸管。

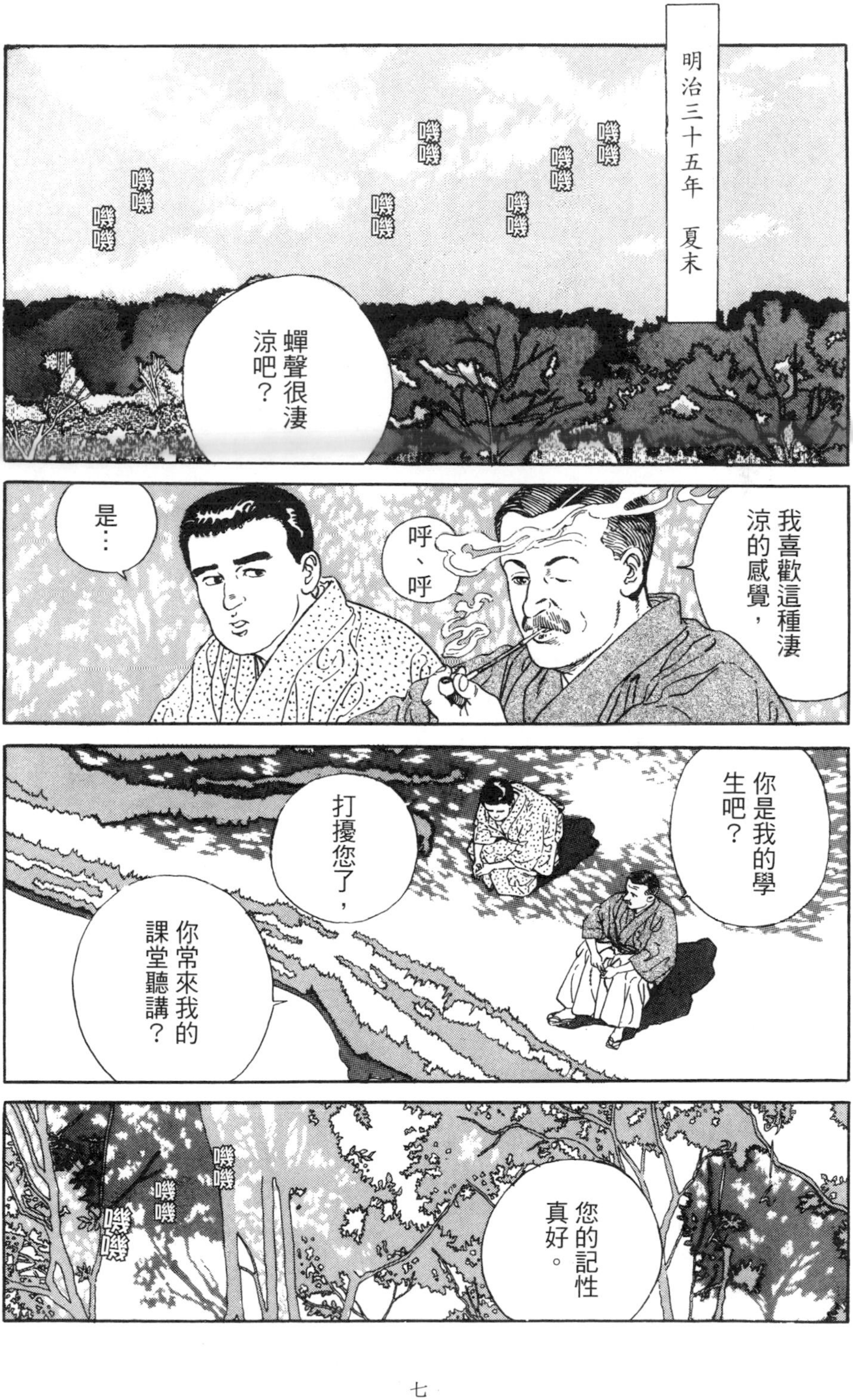
明治三十五年　夏末
嘰嘰
嘰嘰
嘰嘰
嘰嘰
嘰嘰
嘰嘰
蟬聲很淒涼吧？
我喜歡這種淒涼的感覺，
呼、呼
是…
你是我的學生吧？
打擾您了，
你常來我的課堂聽講？
嘰嘰
嘰嘰
嘰嘰
您的記性真好。

堀大哥去旁聽過赫恩老師的課？
……
是啊。
聽得懂嗎？
我以前念過東京專門學校，
還跟坪內[2]老師學過莎士比亞。
太厲害了！
嗯，
那是興趣，
自從離開斗南藩[3]之後，我除了打架就是賭博，
酒和女人沒怎麼碰，整天就是閒著沒事做。
……

2. 坪內逍遙（つぼうち しょうよう）：活躍於明治時代的劇作家、小說家、評論家、翻譯家，曾任東京專門學校（早稻田大學的前身）講師，傾心於英國文學並曾翻譯莎士比亞全集。

嘰嘰
嘰嘰
嘰嘰
你是做什麼的？
我是俠客。
俠客？
就是不法之徒，在社會上沒有容身之處的人。
喔，我也是。
我和你一樣，無家可歸。
因為這份機緣，堀紫郎登門拜訪位在府下大久保村西大久保的赫恩自宅。
赫恩不喜歡跟外人打交道，這是很少有的事。

3. 斗南藩（となみはん）：幕府末年屬於會津舊勢力的領地，斗南藩在明治 4（1871）年的廢藩置縣政策中被劃為斗南縣，同年 9 月斗南縣與弘前縣、黑石縣、七戶縣、八戶縣等再次合併為弘前縣，縣廳隨後又被移至青森，改稱青森縣，同時，其中一部分的二戶郡，被編入到岩手縣，斗南這個地名自此在地圖上消失。

夫君，堀先生來探望您了。
喔。
唉呀。
是嗎？
這條魚您待會兒再煮來吃吧。
好。
小泉八雲，原名拉夫卡迪奧·赫恩，一八五〇年（嘉永三年）生於愛琴海的琉卡迪亞島，父親是愛爾蘭軍醫，母親則是希臘人。
兩歲時舉家搬到愛爾蘭，四歲時和母親分別，父親在他七歲時過世。

他在伯母的照顧下接受了中等教育，卻一直認為自己是多餘的人。
十六歲左眼失明後，這份疏離感更為強烈。
他在十九歲時赴美，做過旅館打雜小弟、夜班守衛和流動商販等工作，
二十四歲時在紐奧良擔任新聞記者。
赫恩在明治二十三年來到日本，找到松江中學的教職。
他愛上了木屐聲和小販的叫賣聲，在東京發現日本日漸消失的古老風情，他的心情終於平靜下來。

明治二十四年春天，
赫恩和小泉節子結婚，住進松江北堀町的獨棟房子。
一直住到同年十一月，
在松江這段日子，是赫恩一生中最平和安穩的時光。

明治二十九年一月，他歸化為日本籍。
赫恩一直無法融入「新時代」的日本，難以割捨對西歐文化的懷舊之情，為了自己的家庭和姻親，他捨棄西歐，選擇成為一名日本人。

明治二十九年，赫恩來到東京。
帝國大學文學院長外山正一邀請他擔任講師，月薪四百日圓。
So you have sorrow now, but I will see
You again and your hearts rejoice……
PROSES SAVAS
English-Japanese
So you have sorrow now, but I will see you again and your hearts rejoice……
好的。
小山內同學，
你唸。

赫恩老師在明治三十六年三月離開教職。
咕嘟……
老師您……
恰巧在那一年的一月回到日本。
……
這我無法接受！
可是，還是請您務必諒解。

如果不能諒解呢？
……
不接受的話，只能請您辭去教職了。
東京帝大　文科大學長
井上哲次郎
聘請赫恩的外山正一在明治三十三年的春天逝世。
我妻子那邊的親戚非常多，這樣無法奉養他們，
二百日圓真的不夠用。
我們沒有預算聘請留學歸國的日本人教師……
可是……
您說自己很喜歡古老的日本，
當作個人愛好也就罷了，
現在我們日本人已經蛻去您喜愛的古老外殼，為了向先進的歐洲看齊，日夜努力不懈。

能夠向同胞學習，就該讓同胞來任教，坦白說，我們心裡是恨不得趕快掙脫聘僱外籍教師的重擔……
我是日本人呀！
我應該是日本人吧？
那麼，月薪二百日圓應該就夠用了，
我自己每個月只要一半的錢就夠花了。
……
新任教師是誰呢？
叫什麼名字？
是夏目老師，
他叫夏目金之助。
嗚嗚……
呃啊啊…

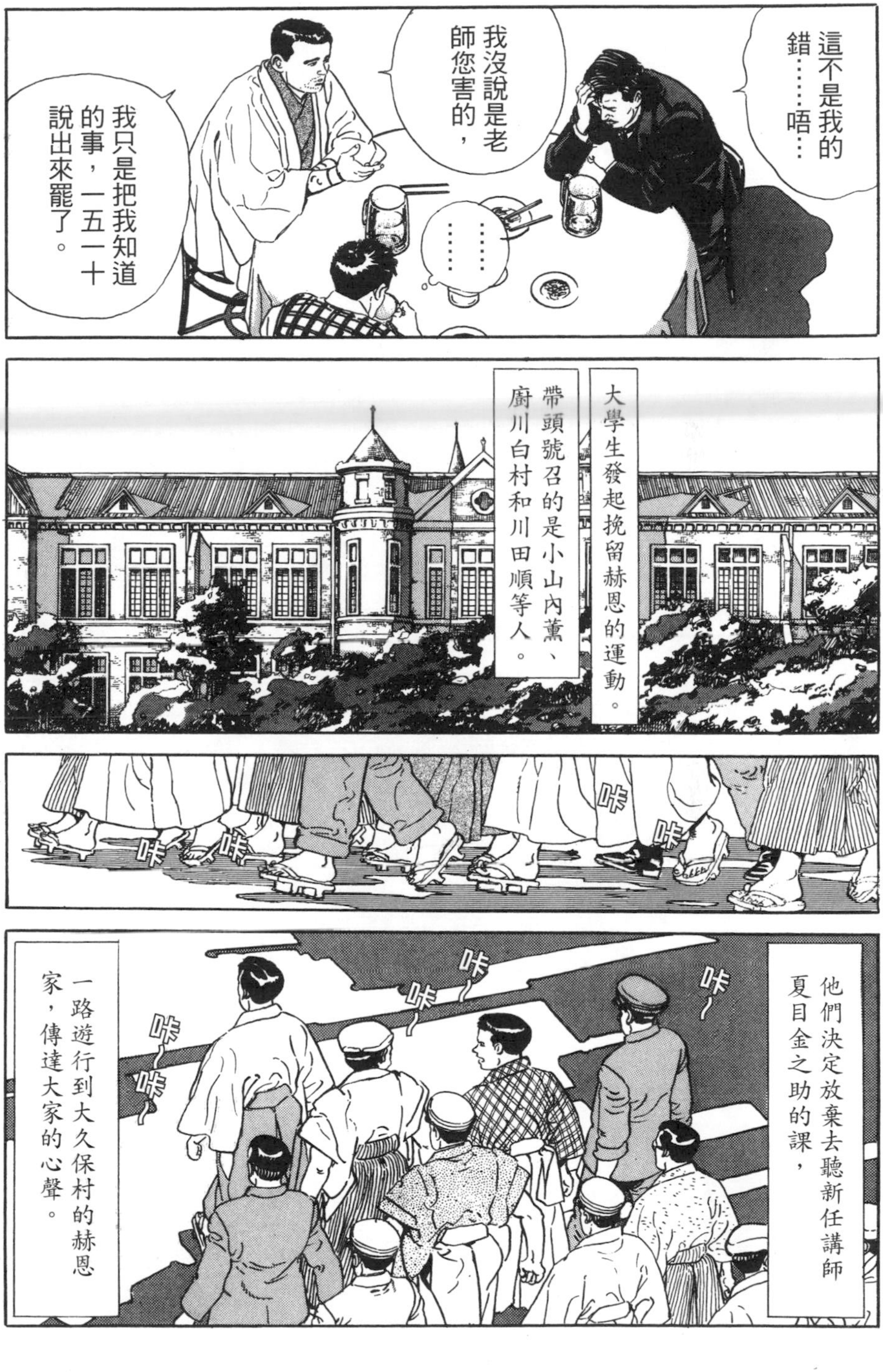
這不是我的錯……唔…
我沒說是老師您害的，
……
我只是把我知道的事，一五一十說出來罷了。
大學生發起挽留赫恩的運動。
帶頭號召的是小山內薰、廚川白村和川田順等人。
咔
咔
咔
咔
他們決定放棄去聽新任講師夏目金之助的課，
咔～
咔～
咔～
咔～咔～
一路遊行到大久保村的赫恩家，傳達大家的心聲。

夠了，到此為止，
大家都靜下來吧。
……
嗚嗚，嗚嗚……
唔唔，
咕嘟咕嘟咕嘟
那不是我害的。
我明白你們的心意了，
替我轉告留在教室裡的其他同學吧！

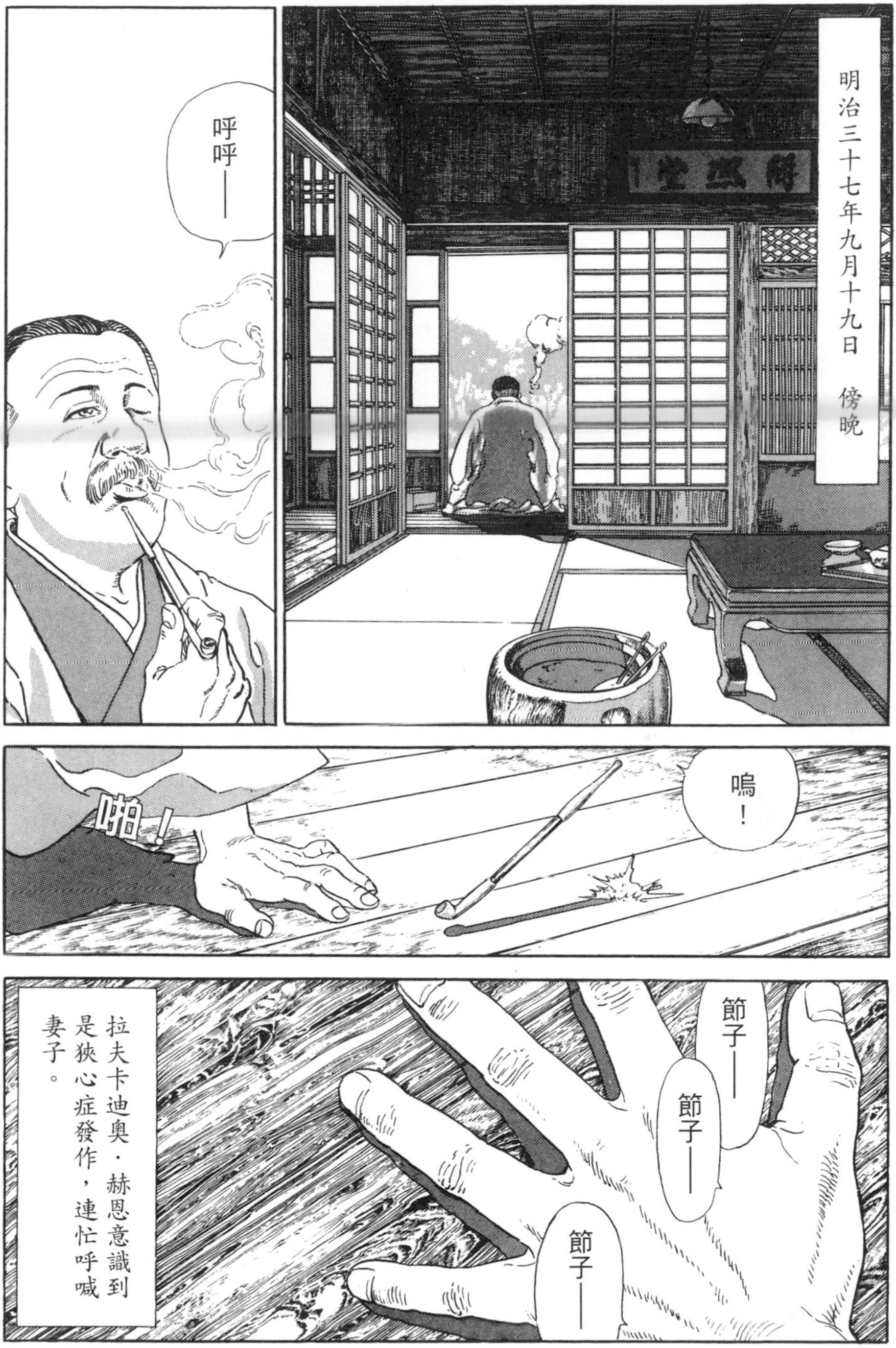
明治三十七年九月十九日　傍晚
呼呼——
嗚！
啪！
節子——
節子——
節子——
拉夫卡迪奧・赫恩意識到是狹心症發作，連忙呼喊妻子。

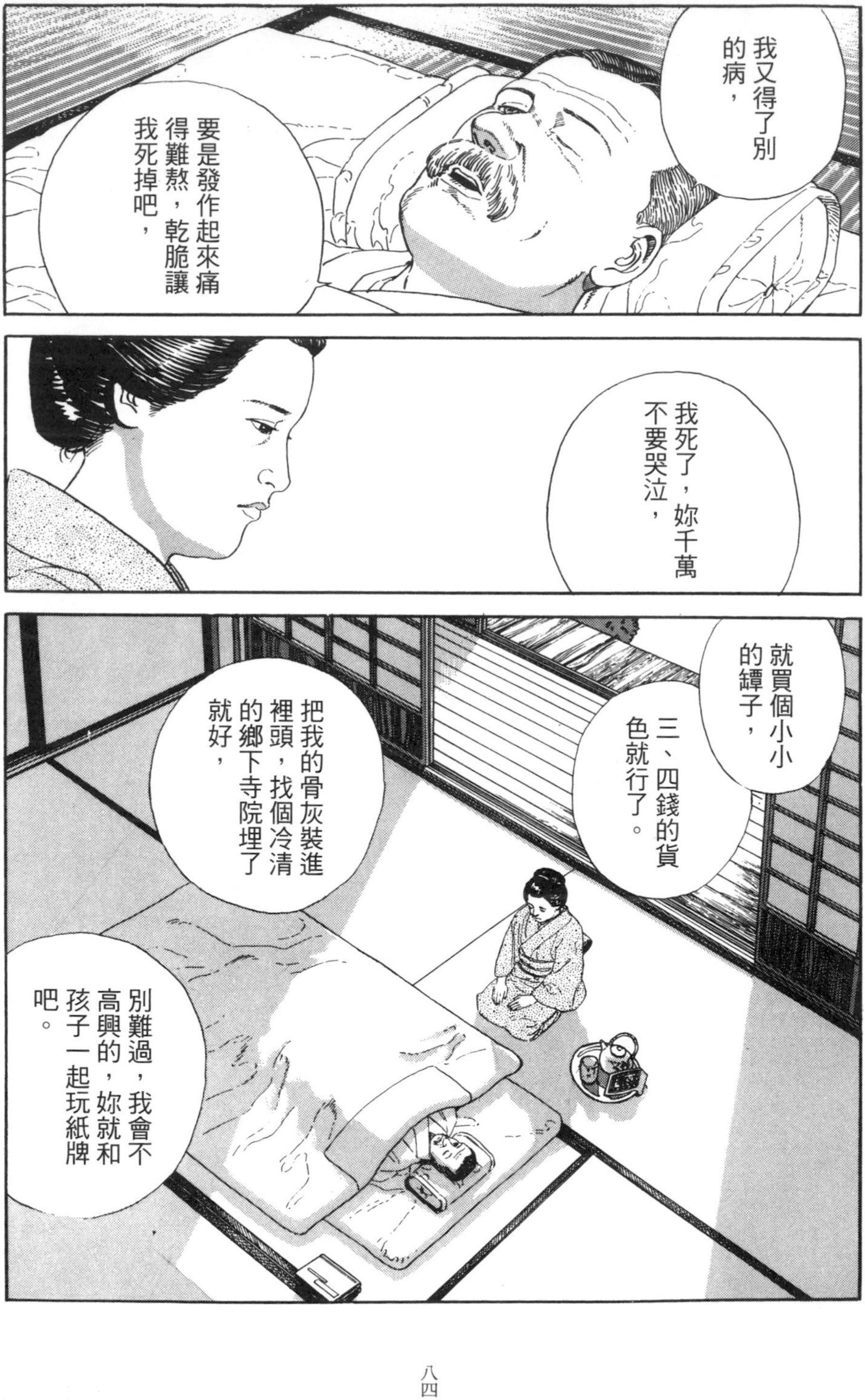
我又得了別的病，
要是發作起來痛得難熬，乾脆讓我死掉吧，
我死了，妳千萬不要哭泣，
就買個小小的罈子，三、四錢的貨色就行了。
把我的骨灰裝進裡頭，找個冷清的鄉下寺院埋了就好，
別難過，我會不高興的，妳就和孩子一起玩紙牌吧。

看著妳們玩牌，我就開心了。
吱吱吱吱
嗝……
那不是我的錯，
……
嗚嗚──
應該不是我的錯吧？
是啊，
這不是誰害了誰的問題，
就是所謂的，被時勢所逼迫吧！
咔咔
咔咔
咔咔

七天後，明治三十七年九月二十六日，赫恩的病再次發作了。
「媽媽、之前的宿疾又來找我啦」，說完這句話，赫恩從院子走回自己的房間，就此一命嗚呼，死時似乎毫無痛苦，臉上掛著淡淡的笑。

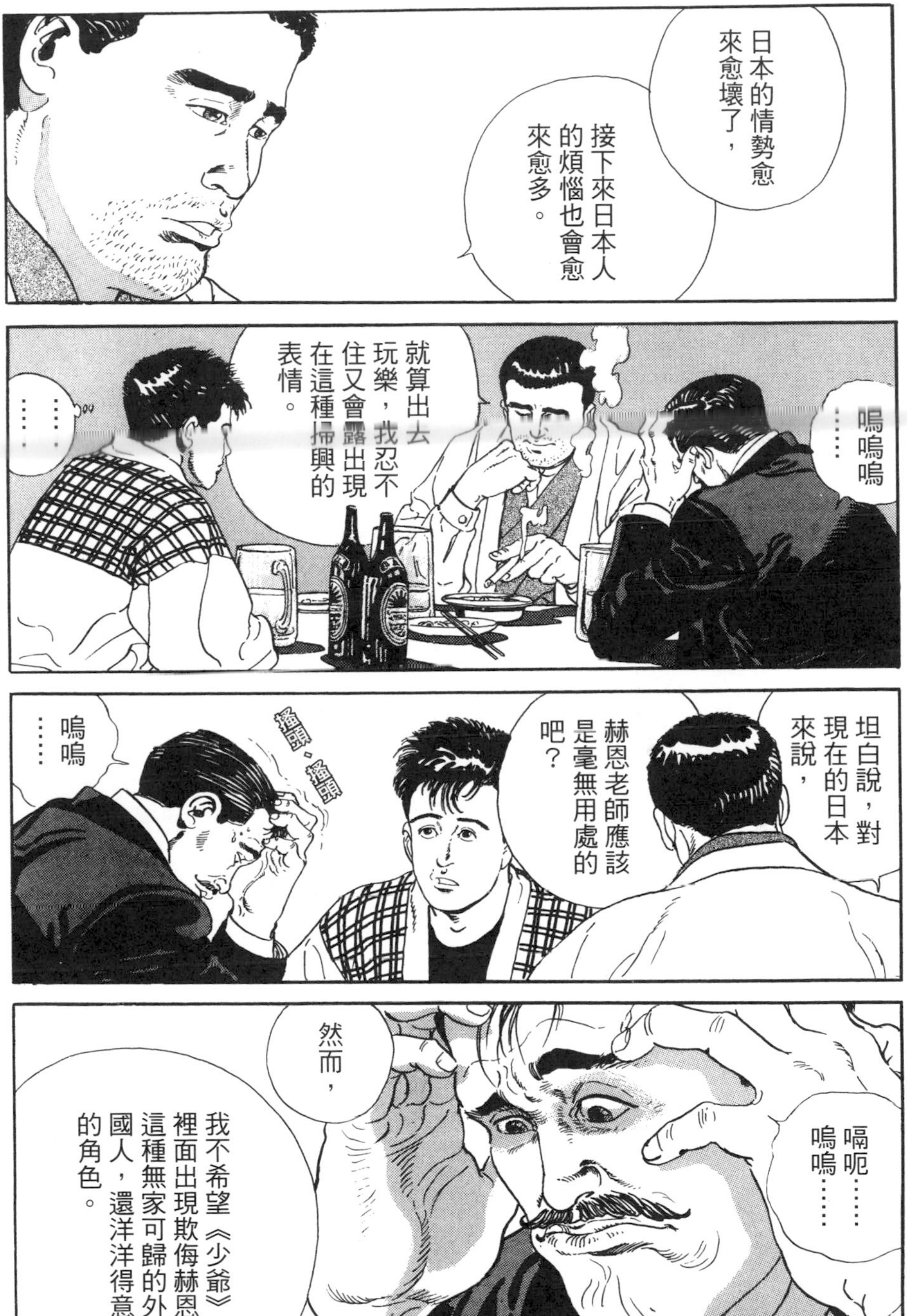
日本的情勢愈來愈壞了，
接下來日本人的煩惱也會愈來愈多。
嗚嗚嗚……
就算出去玩樂，我忍不住又會露出現在這種掃興的表情。
……
坦白說，對現在的日本來說，
赫恩老師應該是毫無用處的吧？
搔頭、搔頭
嗚嗚……
嗝呃……嗚嗚……
然而，
我不希望《少爺》裡面出現欺侮赫恩這種無家可歸的外國人，還洋洋得意的角色。

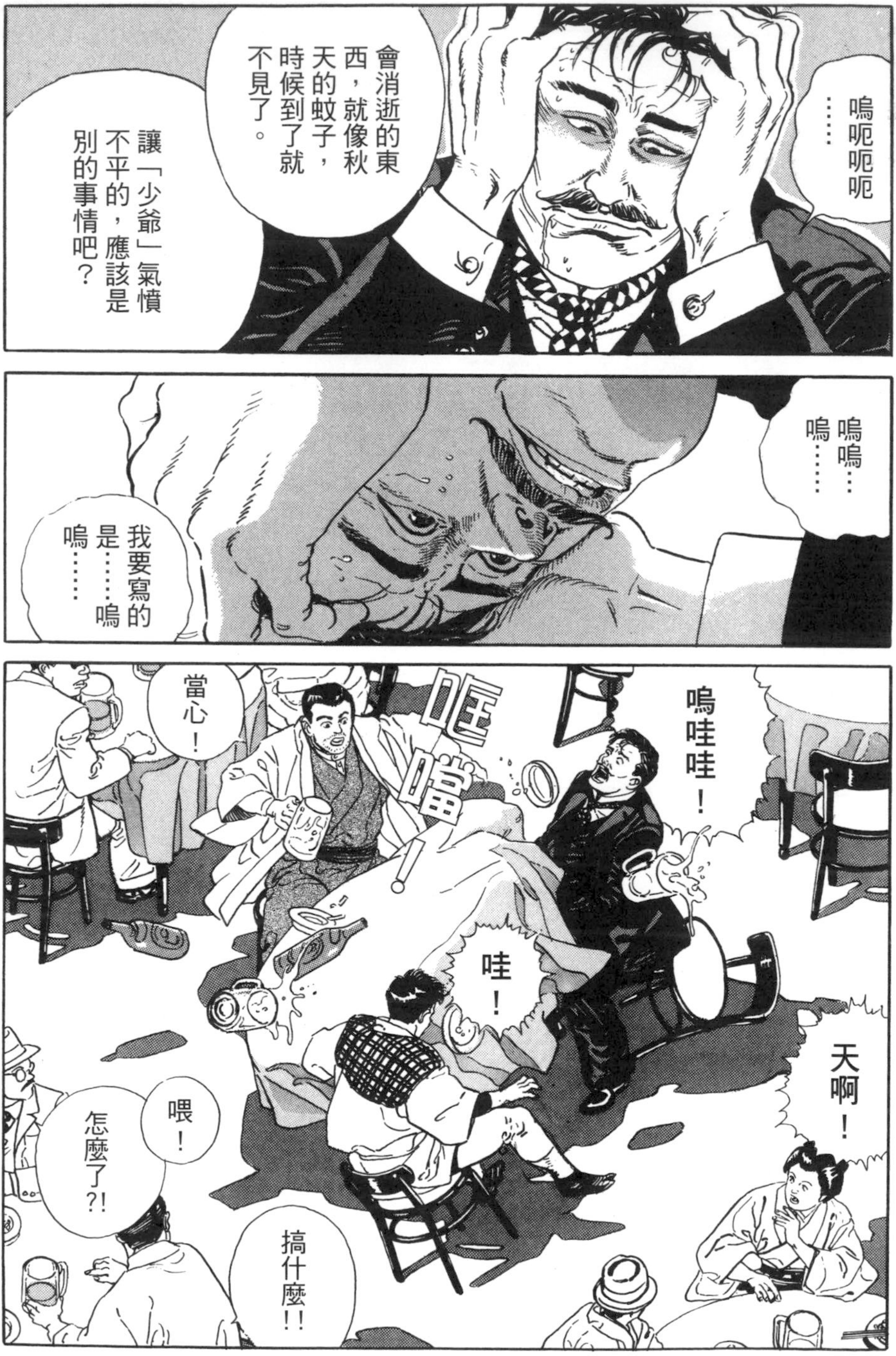
嗚呃呃呃……
會消逝的東西，就像秋天的蚊子，時候到了就不見了。
讓「少爺」氣憤不平的，應該是別的事情吧？
嗚嗚……嗚……
我要寫的是……嗚嗚……
嗚哇哇！
哐噹！
當心！
哇！
天啊！
喂！
怎麼了?!
搞什麼!!

第五章

明治群像

＊ 樋口一葉。

明治三十八年 一月十八日 小石川區小日向水道町
喝啊——
呼哈——
喔——
扯緊
扯緊
扯緊
呼！
喝啊——

喲，你練得真起勁！
咚
嘿喝——
喀啷
呼、
呼、
呼、
啊，是堀大哥啊。
今天怎麼沒去拉車？
放假？
這天，俠客堀紫郎忽然來到太田仲三郎平時練功的道場。
反正下雪也沒生意。
你也沒去賭場？
喝！
哈！
我今天早上才剛從拘留所放出來。

又被警察抓進去啦？
扯緊
扯緊
聽說明年春天，你要去參加一個什麼比賽？
嘿喝——
唔！
吁吁……
呼、
呼、
呼、
那個啊，
……
三月的椿山盃，全國的高手都會參加，
沙沙
椿山盃？那不是山縣有朋主辦的嗎？
獎金，
高達二百圓啊！
嘩啦、
嘩啦、
嘩啦、

嘩啦、
嘩啦、
嘩啦、
呼呼
二百圓，好一陣子不用拉車了，我要早點從明治大學畢業，去大陸闖蕩……
……
山縣發的錢，我可不想拿啊。
錢就是錢，管他是誰給的。
活著，就得善用金錢才行。
看來你是勢在必得了。
正是！
全國高手在這場大賽齊聚一堂，
真想知道會有些什麼樣的人？

打頭陣的，
就是講道館的太田仲三郎。
你別要自吹自擂啦。
好吧，
乃木大將[1]的兒子跟我算是講道館的同門，結果他在二〇三高地見了閻王，
太多人在日俄戰爭戰死了。
唔……這麼一來，活著的高手還有誰？
嘿、
嘿、
柳勘九郎，是個鹿兒島人，
看招！
他的掃捲進可以說是神乎其技。

1. 在明治 37（1904）年日俄戰爭中，陸軍大將乃木希典的次子乃木保典少尉於攻陷旅順二〇三高地時陣亡。

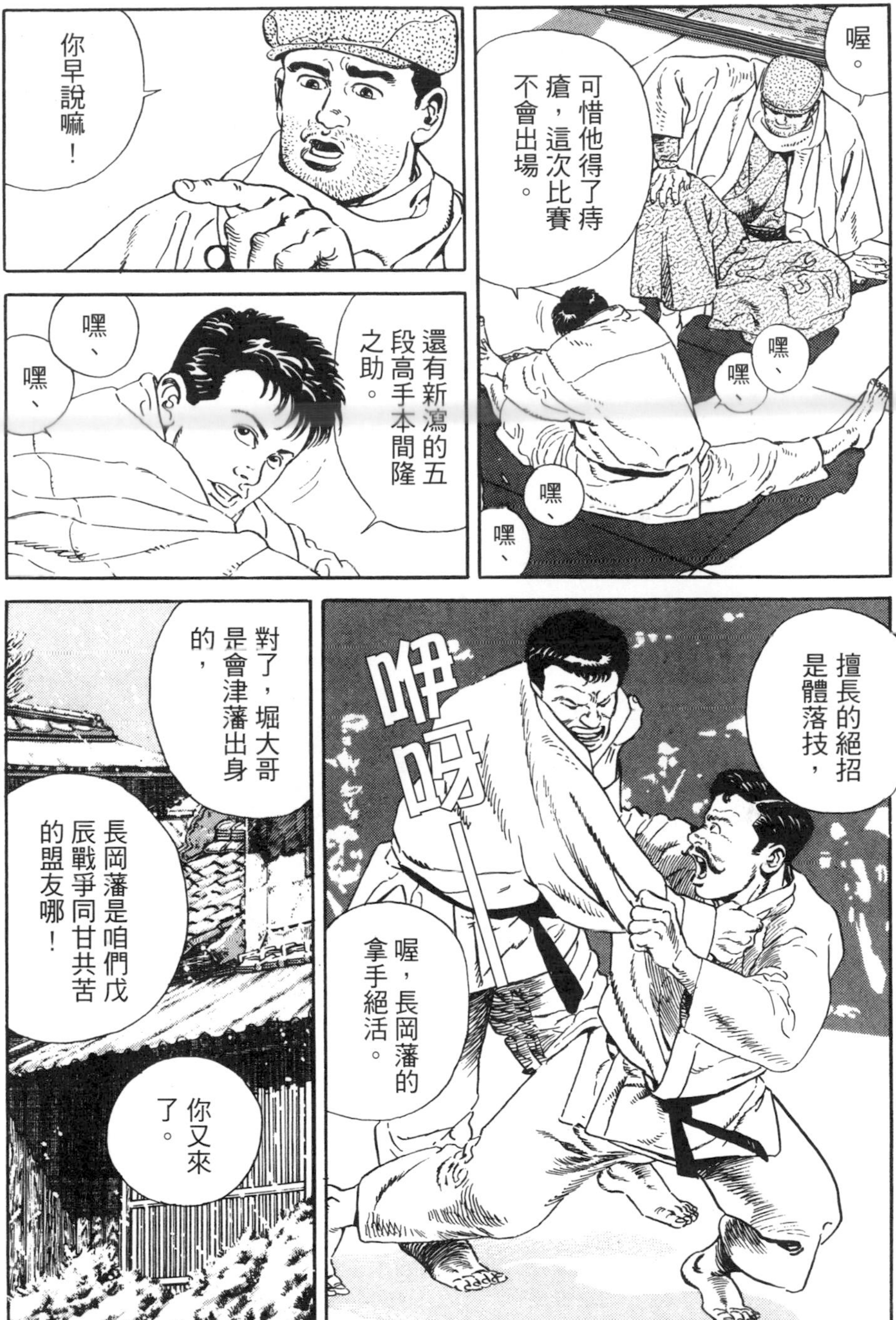
喔。
可惜他得了痔瘡，這次比賽不會出場。
嘿、
嘿、
嘿、
嘿、
你早說嘛！
還有新瀉的五段高手本間隆之助。
嘿、
嘿、
擅長的絕招是體落技，
咿呀
喔，長岡藩的拿手絕活。
對了，堀大哥是會津藩出身的，
長岡藩是咱們戊辰戰爭同甘共苦的盟友哪！
你又來了。

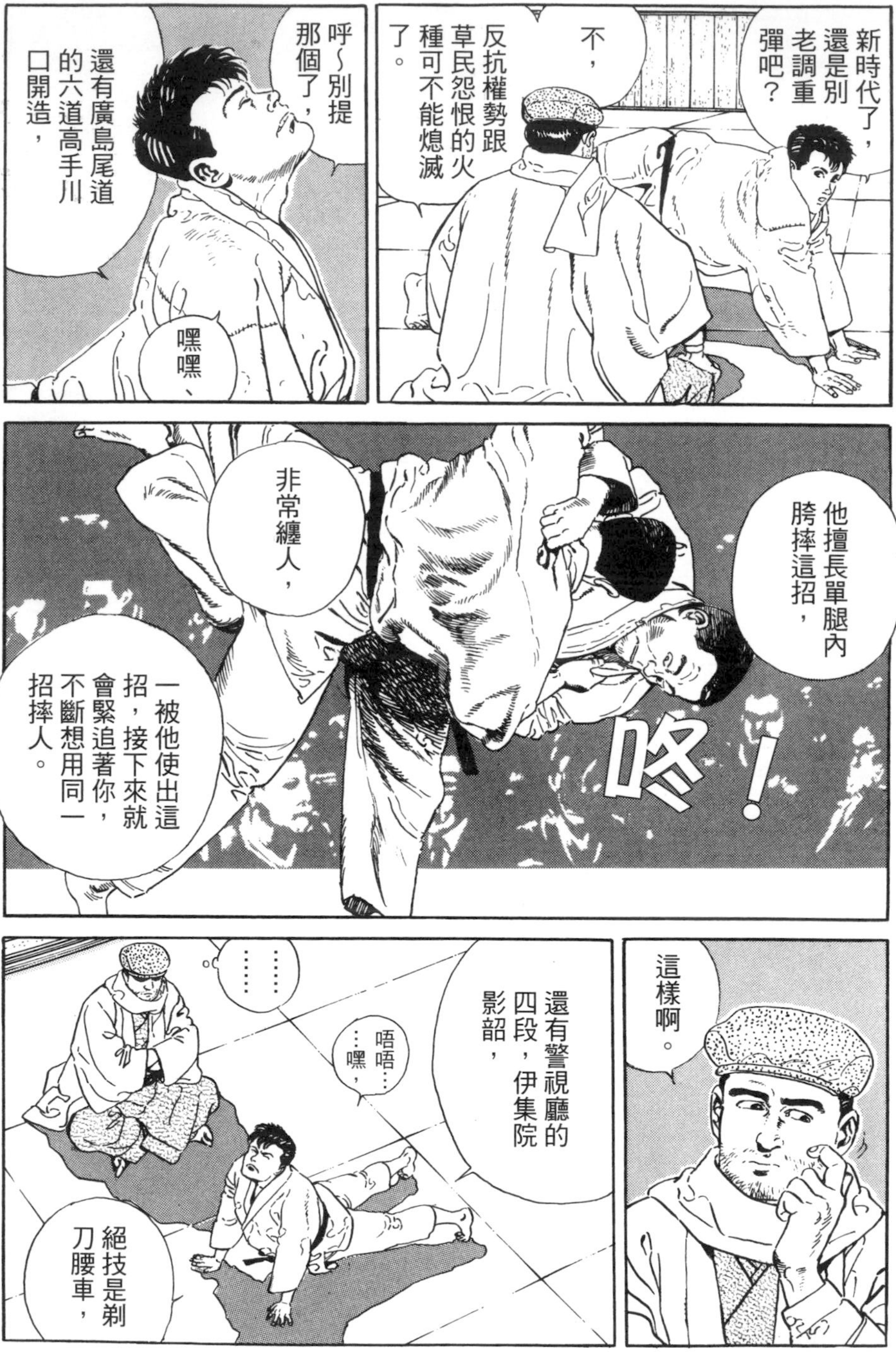
新時代了，還是別老調重彈吧？
不，反抗權勢跟草民怨恨的火種可不能熄滅了。
呼~別提那個了，
還有廣島尾道的六道高手川口開造，
嘿嘿、
他擅長單腿內胯摔這招，
非常纏人，
一被他使出這招，接下來就會緊追著你，不斷想用同一招摔人。
咚！
這樣啊。
還有警視廳的四段，伊集院影韶，
……
唔唔……嘿，
絕技是剃刀腰車，

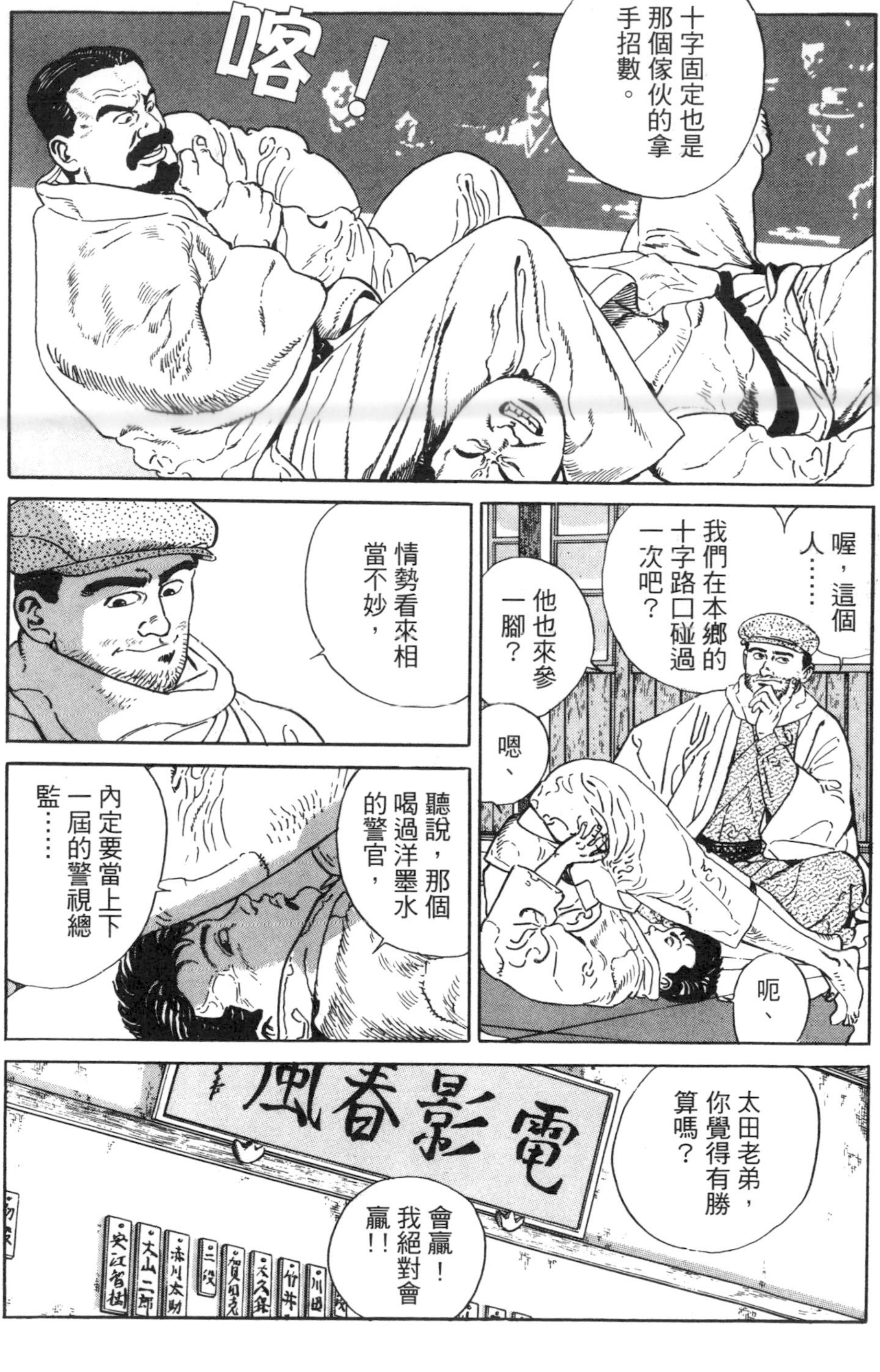
十字固定也是那個傢伙的拿手招數。
喀！
喔，這個人……
我們在本鄉的十字路口碰過一次吧？
他也來參一腳？
嗯、
呃、
情勢看來相當不妙，
聽說，那個喝過洋墨水的警官，
內定要當上下一屆的警視總監……
電影春風
太田老弟，你覺得有勝算嗎？
會贏！我絕對會贏！！

我上了──
好、來吧──
沙
沙
抓緊
沙沙
啪
喔喔
喝!

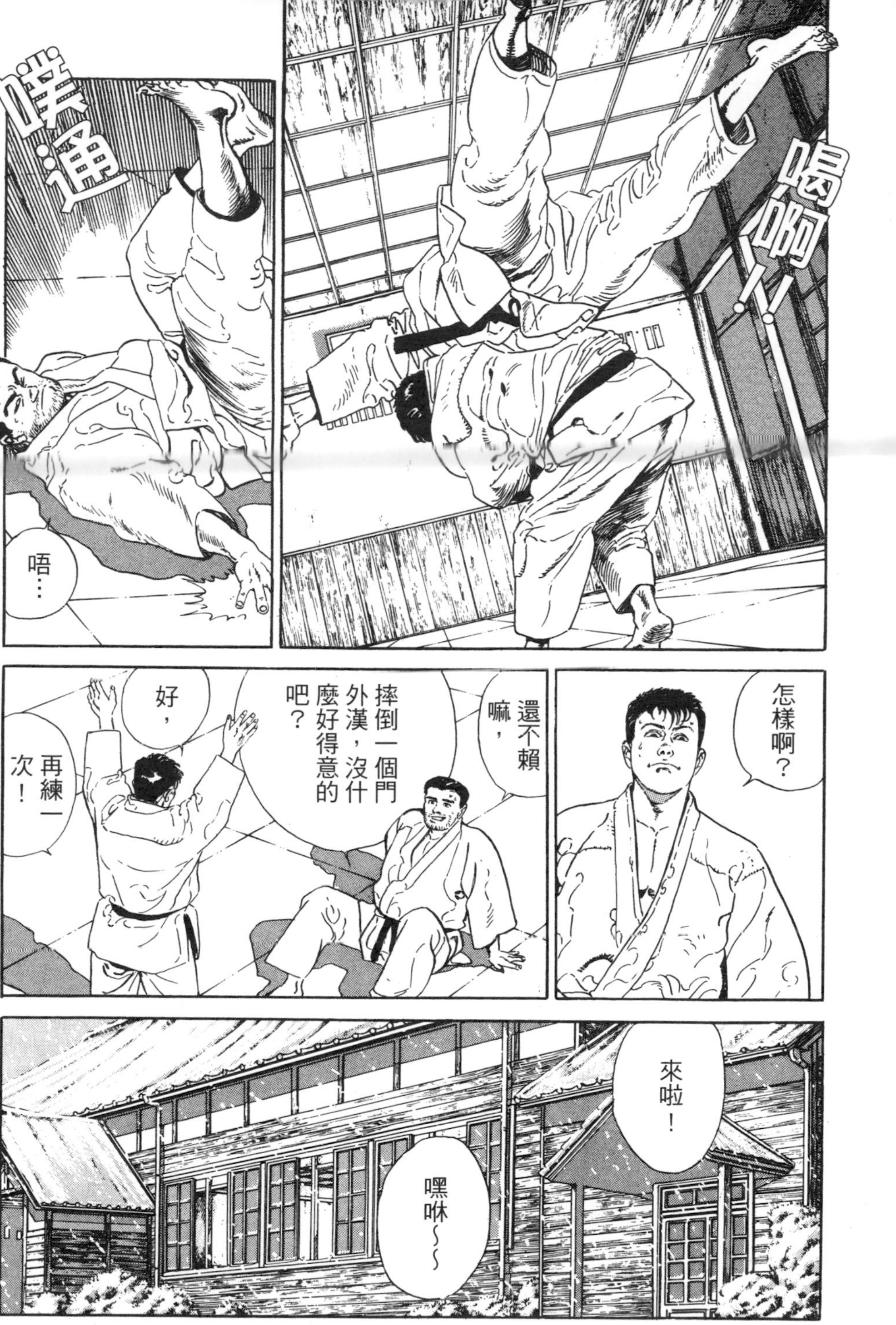
喝啊!!
噗通
唔…
怎樣啊？
還不賴嘛，
摔倒一個門外漢，沒什麼好得意的吧？
好，再練一次！
來啦！
嘿咻～～

那天，東京的空氣顯得格外寒冷而凜冽。
沙
沙
同一時刻，在本鄉區丸山福山町。
沙
沙
沙

帝國陸軍第一師團軍醫部長森林太郎，同時也是作家「森鷗外」，
現年正好四十三歲。
沙
沙
沙
沙
沙
當天下著大雪，東京所有的交通工具都暫時停擺，
下午還有非辦不可的要務，他只好從日比谷的陸軍本部一路走到目白臺。
沙
沙
沙
沙
沙
沙

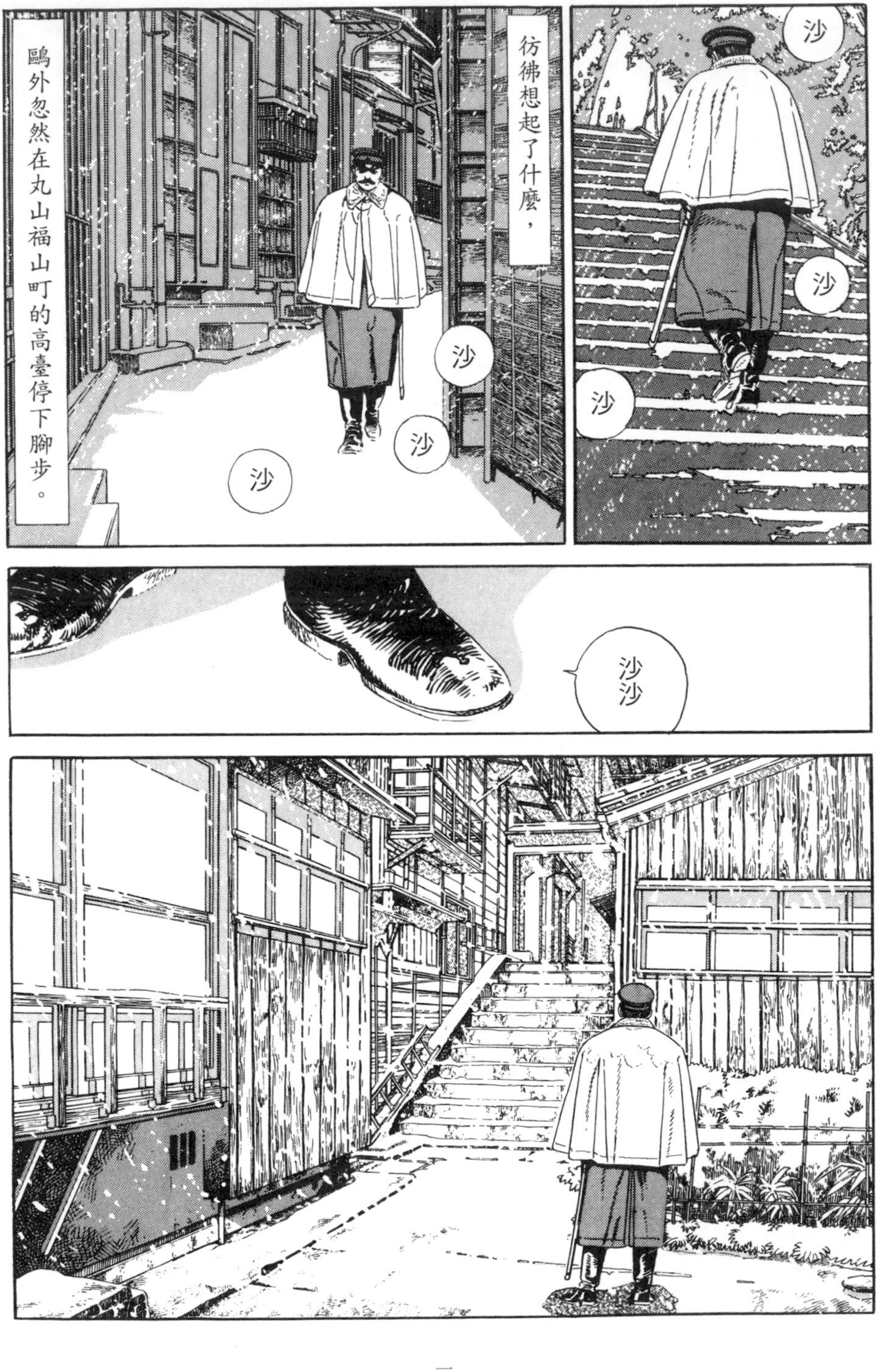

彷彿想起了什麼，
沙
沙
沙
鷗外忽然在丸山福山町的高臺停下腳步。
沙
沙
沙
沙沙

他沒有出聲叫門，一直凝視著其中的某棟屋子，
鷗外陷入了回憶之中，
森先生，
……這不是森先生嗎？
夏目先生。

日後文壇的兩大文豪，這是第二次碰面。
沙
沙
他們結識的緣分相當奇妙，漱石在駒込千駄木町五十七番地的住家，鷗外曾在明治二十三年到二十五年之間住在那裡，取名為千朵山房。
雪下得真大。
沙
是啊。
鷗外又在團子坂附近蓋了觀潮樓，之後，才搬離該處。

過了近十年，漱石在明治三十六年三月赴英國留學，卻弄得滿身瘡痍回國，他住進鷗外的舊居，調養疲憊不堪的身心。
都過了九年……
什麼？
樋口夏子小姐是在九年前的今天過世的。
您是指一葉女士嗎？
是的。
她在那邊的破屋子寫出《比肩》2這篇小說，也在那裡香消玉殞——

2.《比肩》（たけくらべ）：又譯為《青梅竹馬》，明治 28-29（1895-96）年於《文藝俱樂部》雜誌連載，描述吉原遊廓少女與僧侶之子青春期的淡淡戀情，發表後受到森鷗外等文壇名家讚賞。

過去森鷗外曾為這位不幸的作家寫道：
「敝人即使會被世人嘲笑為私心崇拜樋口一葉，也不惜贈與她『真正詩人』的稱號。」
這樣啊……
現在那間屋子住的是一位常來我家作客的學生，
名叫森田米松。
喔。
沙
沙
沙
沙

沙
沙
沙
沙
是個美女呢。
嗯。
沙
沙
所謂新時代的女性吧？
森田先生！
……

我是明子，平塚明子！
森田先生！
平塚明子那年十八歲，
和森田草平陷入了熱戀。
森田先生！

明治三十八年，《我是貓》問世

明治三十八年十一月，在漱石決定提筆寫作《少爺》之前，他自身及周遭的情況可以大致說明如下。

關口夏央

過去，日本的都市民宅都會有「外廊（緣側）」。屋內最重要的房間是起居室，那裡一定會有外廊，再以玻璃拉門做為界線隔開。吹起涼爽微風的日子就將外廊完全開放，讓風可以直接吹進來。天氣暖和的話，一家之主就坐在外廊上剪指甲。

外廊面對著小小的庭院，再以矮樹籬和外界做出區隔。說是籬笆，其實通常只有成人胸口的高度，目的自然不是為了阻擋往來行人的視線，而是發揮有如「結界」般的象徵意義，每個人都可以看見屋裡的起居間，也能從起居間俯瞰屋外，因此當時的日本，除了個人的內心世界，其實是很難隱藏祕密的，即使是明治時代的優秀知識分子，也沒有為「隱私」（privacy）一詞做出確切的翻譯。

明治三十六年（一九〇三）一月，本名金之助的夏目漱石罹患嚴重的神經衰弱，從旅居兩年半的英國歸來。前一年日本文部省就收到「漱石發狂」的電報，雖然命令漱石即刻動身回國，他卻沒有聽命行事，又過了幾個月，他苦撐著完成公費留學當初設定的學習目標，才搭船經由印度洋回歸日本。

漱石回到東京時，全家人在他留學期間寄居在妻子鏡子位於牛込區矢來町的娘家，生活可說是一貧如洗。在熊本第五高等學校因留學而停職期間，漱石的年薪大約有三百日圓，再扣除軍艦建造費等稅金，每個月只剩區區二十二日圓五十錢，因此屋裡十分昏暗，榻榻米也破爛不堪。

漱石不得不趕緊重建全家人的生活，三月時他從熟人那裡先借了大約一百日圓救急，搬到本鄉區千駄木的租屋處定居。屋子是仙臺第二高等學校教授齋藤阿具的資產，在明治二十三年到二十五年間，本名森林太郎的森鷗外和第一任妻子分手後，曾和母親在此居住一年有餘，還把居所命名為「千朵山房」。屋子總共有六間房間，還有女傭房，其中一間則是外推的書房。以當時東京山手地區的住宅來說是相當常見的房屋構造，南向面對庭院的部分是五間[1]長的外廊，書房南側還有一道兩間長的窄廊。

至於漱石的借款為什麼會高達三百日圓，原因是在留學期間，他向同住的日本人借了十英鎊（相當於一百日圓），而留在日本的鏡子也跟熟人先借了一百日圓。

漱石原本想用第五高等學校的退職金來結清債務，但是校方告訴他得要等到四月底才能支付。留學後必須擔任政府指派的教職來「御禮奉公」，漱石獲得第一高等學校的講師職位，同時在東京

1. 「間」是日本的長度單位，明治 24（1891）年的度量衡法規定 1 間＝ 6 尺，相當於 1.818 公尺。

帝國大學擔任文科大學講師授課，文科大學的工作，其實是接下小泉八雲（拉夫卡迪奧・赫恩）的職位，小泉八雲這位過於熱愛日本的「外國佬」，等於是被這位厭倦歐洲世界的日本人給間接從大學趕跑了。漱石擔任一高講師的年薪是七百日圓，而文科大學講師的年薪則是八百日圓。

為了維持全家人中等階層的生活，在當時到底需要多少費用呢？

一升白米二十三錢，木工師傅一天的日薪是一圓，一盤蕎麥麵大概是兩到三錢，車站的幕之內便當賣十五錢、豆腐是一錢，而街上的電車一律每趟三錢，明治四十二年的《中央公論》雜誌一冊賣二十錢，中山道附近的仲宿[2]當時還是東京郊外的偏僻鄉下，如果住在這一帶的雜居長屋，房租則是每月二圓八十錢。

明治三十五年，正岡子規在漱石歸國前一年死去，他到晚年為止都還夢想自己能拿到每個月五十日圓的高薪。明治三十八年，全心全力投入撰寫《破戒》的作家島崎藤村[3]，全家人每個月的生活費是三十日圓，據說正是因為這樣，害得他的兩個孩子因營養不良而不幸夭折。

漱石新居的房租是二十七日圓，相形之下他的年薪有一千五百日圓，平均下來每個月收入有一百二十多日圓，要養活一家人應該綽綽有餘，只是還得要照顧落魄的養父，妻子那邊的娘家因為投資失利而沒落，更需要予以援助，除了義務性質的種種負擔，漱石的訪客很多，妻子也出手闊綽，這樣的生活絕對稱不上寬裕。

漱石的神經衰弱一開始總是無法痊癒，他甚至在撰寫《文學論》的筆記本上用蠅頭小楷寫下：「若可以自行決定，本人今生永遠不會踏足英國一步」的字句，對學生講授不斷威脅著自己神經的

2. 仲宿：東京都板橋區的町名，江戶時代是舊中山道板橋宿的中心地帶，明治時代廢藩置縣並重編市町村之後被劃入東京府。
3. 島崎藤村（しまざき とうそん）：日本詩人、小說家，本名島崎春樹，活躍於明治、大正及昭和時期，於明治 38（1906）年發表的小說《破戒》被視為日本文學現代主義重要的里程碑。

文化所孕育出來的英國文學，他在其中無法找到太大的意義，為了養家活口，偏偏又沒有別的謀生方法，只得每天穿著「領子高到害脖子轉不動」的西服，抹油固定兩撇翹起的仁丹鬍子，再裝模作樣地走進學校上課。那些折磨漱石的東西，在回國後依然苦苦糾纏著他不放。

漱石的神經衰弱表現在被人跟蹤的妄想上，雖然可以追溯到青少年時期，他的留學經驗卻導致症狀明顯惡化。在英國時，他經常覺得自己被人監視而感到極度不安。

歐洲的石造房屋給人冰涼而冷酷的感覺，由於重力構造的關係，建築物本來就無法切割出大型的窗戶，窗子就像狹窄的黑暗孔穴一樣，自然讓人覺得像是有雙眼睛在窺看、監視自己，就算是身心健全的外國人士，也不免會有這樣的錯覺。

明治時代的人，尤其是漱石這樣心思纖細敏感的知識分子怎麼樣也住不習慣，心中的不安轉化為恐懼感，置身在四面都是石壁的房間裡，就會湧起某種毫無止盡的孤獨感，感覺是在過度內省之餘，他的自我一旦顯露出來，就會表現在神經性發炎和皮膚的紅腫症狀上。

東京山手地區的住宅是由木頭和紙張建造的，通風和開放程度極為良好，住進這裡讓漱石的心情漸漸地沉靜下來，康復的速度卻極為緩慢。房子西側是郁文館中學，北側住了一位教二弦琴的老師，東邊隔了一條馬路則是住了許多學生的出租宿舍，漱石不時就會陷入被人監視和偷看的妄想中，一直無法得到自由。

明治三十七年，漱石回國後的第二年夏天，有隻迷路的小貓跑進千駄木的家中，那是一隻全身漆黑的貓。

日俄戰爭也在同一年爆發，一波又一波的戰況報導讓漱石的精神狀況活躍起來，當時的知識分子有一種將日本國權的擴大，視為自我擴大的傾向，俄羅斯等於是歐洲文化的一部分，當日本軍隊與之對抗並擊敗了他們，知識分子便陷入難以言喻的亢奮中，連國木田獨步和原本冷靜的俄羅斯研究專家也不例外。

這時，漱石開始用撰寫小說來療癒精神上的疾病，以當時的常識來說，他的文體太過於新穎，實在很難稱為小說，和蔚為風潮的自然主義更是大相逕庭，這是理所當然的，因為漱石並沒有朝向文學發展的野心，寫作不過是為了撫慰自己，讓精神獲得解放罷了。

這三十張「小說」的原稿在根岸的正岡子規舊宅，每個月舉辦的「山會」[4]中被朗讀出來，出乎意料地大受眾人好評。漱石的腹案是將小說題為《貓傳》，高濱虛子提議他改為《我是貓》。

獲得讚賞之後，漱石繼續寫了第二回和第三回，隔年的明治三十八年十月，小說由服部書店發行初版，才過了二十天就銷售一空，這時漱石逐漸萌生往職業小說家之路邁進的念頭，以前的神經症狀也跟著急速復原了。

讓漱石成為小說家的原因之一是他在英國的經歷，另一個因素則是隱藏在日本社會開放式的家屋當中，人們對於「家」的那種莫名執著，不但得要和西歐交戰，還得擔任一家之主，被兩種新舊壓力的桎梏所束縛，漱石有種今後必須讓自己獲得自由的強烈需求，這也成為創作小說最根本的動機。

今天我們日本人已經完全失去了日式住宅，精神層次也離外廊這樣的地方相當遙遠，還失去與

4. 為了提倡文學，正岡子規晚年邀集俳句和和歌的創作者，在自宅召開相互討論吟詠作品的聚會，稱為「山會」，在他病歿後，高濱子虛也繼續維持舉辦集會的傳統。

西歐文化相抗衡的雄心壯志，今後讓日本人產生創作衝動的原動力到底又是什麼呢？

我們或許都已經迷失在有如暮色般曖昧不明的自由當中，也察覺不到任何解放精神面的必要性了吧？日本社會早已老去，日本的現代文化誠然灑脫而輕快，但我們恐怕就要在不知不覺當中，一步步迎向沒落的時期了。

一九八六年六月

第六章

瑪丹娜和阿清

抓抓
抓抓
喀啦
喀啦啦~~
喵嗚喵嗚

漱石反覆思量著大雪那天的所見所聞。
森田先生！
我是明子！
平塚明子正是日後成為「青鞜派」中心人物的平塚雷鳥[1]，她在明治末年就以「新時代女性」之姿，讓社會大眾驚詫不已。
森田先生！
喀啦
喀啦　喀啦
啊，呃……

1. 平塚雷鳥（ひらつか らいちょう，1886-1971）：本名平塚明子，日本思想家、評論家、作家及知名女權主義者，生於高官之家，畢業於日本女子大學校，明治44年9月與多位女性作家共同創辦文藝組織「青鞜社」，並創文學雜誌《青鞜》鼓吹女性自由、平等，青鞜是藍色長統襪的譯名，包含「新女性」的象徵意義。

妳、妳……
喀咚
怎麼來了……
我有話要跟你說，出來走一走吧！
……
走一走？
拜託，下來陪我散步吧！
明子小姐……
抖
抖
抖

那個青年……
咦？
根本被她牽著鼻子走。
……

兩位明治人一起渡過了水道橋，無論是鷗外或漱石都沒有意識到，
自己已經在文學史上留下無法磨滅的足跡，
此時此刻，他們只是同時代的人，正在抑鬱地交談著。
樋口夏子小姐的故居，現在竟然會有穿洋裝的美女到訪，
真是太諷刺了。

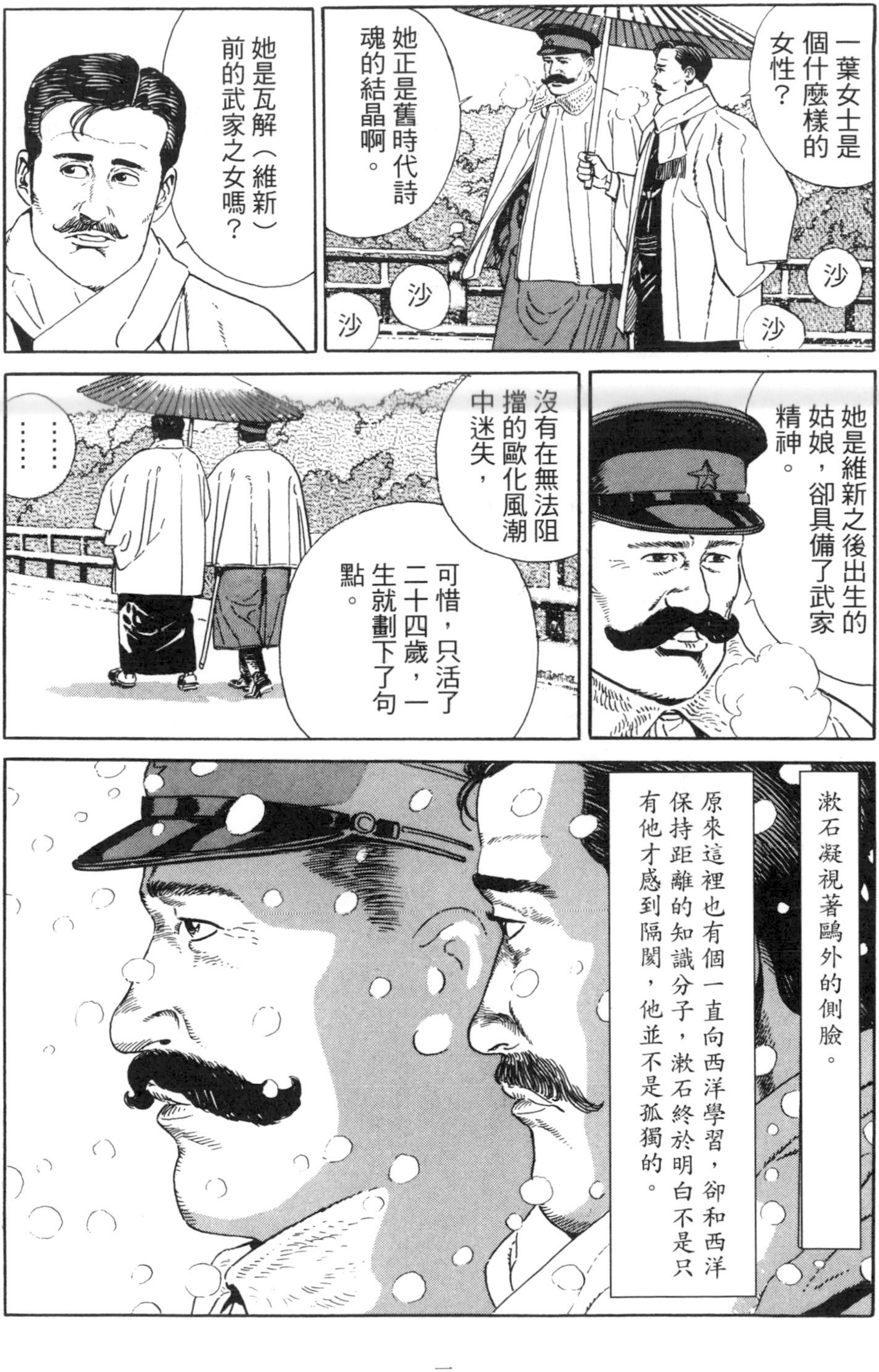
一葉女士是個什麼樣的女性？
沙
沙
她正是舊時代詩魂的結晶啊。
沙
沙
她是瓦解（維新）前的武家之女嗎？
她是維新之後出生的姑娘，卻具備了武家精神。
沒有在無法阻擋的歐化風潮中迷失，
可惜，只活了二十四歲，一生就劃下了句點。
……
漱石凝視著鷗外的側臉。
原來這裡也有個一直向西洋學習，卻和西洋保持距離的知識分子，漱石終於明白不是只有他才感到隔閡，他並不是孤獨的。

我聽到一葉女士染病不起，
立刻拜託好友青山胤通[2]博士親自為她診療。
……
可惜為時已晚……
吱吱…
啾啾啾
吱
收到她的死訊後，
我曾想在出殯時，騎馬護送棺木入土……

2. 青山胤通（あおやま たねみち）：日本東京帝國大學教授、醫學博士及內科專家，曾與森鷗外一同在德國留學，兩人交情深厚，明治29（1896）年診斷樋口一葉所患的肺結核病況嚴重，恐怕難以復原，一葉於同年11月23日病歿家中，享年二十四歲又六個月。

她的家人謝絕了，
說是赤貧人家的簡陋葬禮，實在承擔不起……
……
沙沙
連葬禮都無法如願參加，
咚
對她的哀悼之念依舊縈繞於心，
叩
吱……
咔啪咔啪咔啪
吱吱吱
偶然望見樋口一葉的故居……
我也只能像這樣，自顧自地緬懷不已。

您一定覺得很可笑吧？
怎麼會呢？
江戶真的離我們愈來愈遠了。

這兩人離開樋口一葉故居，也是森田草平現在的租屋處後……
唔唔、唔唔
啾
嗯嗯、
嗯嗯、嗯嗯
唔唔、唔唔
他們在大雪中走過新見付橋，登上一口坂，走進九段坂上的這間西餐廳。

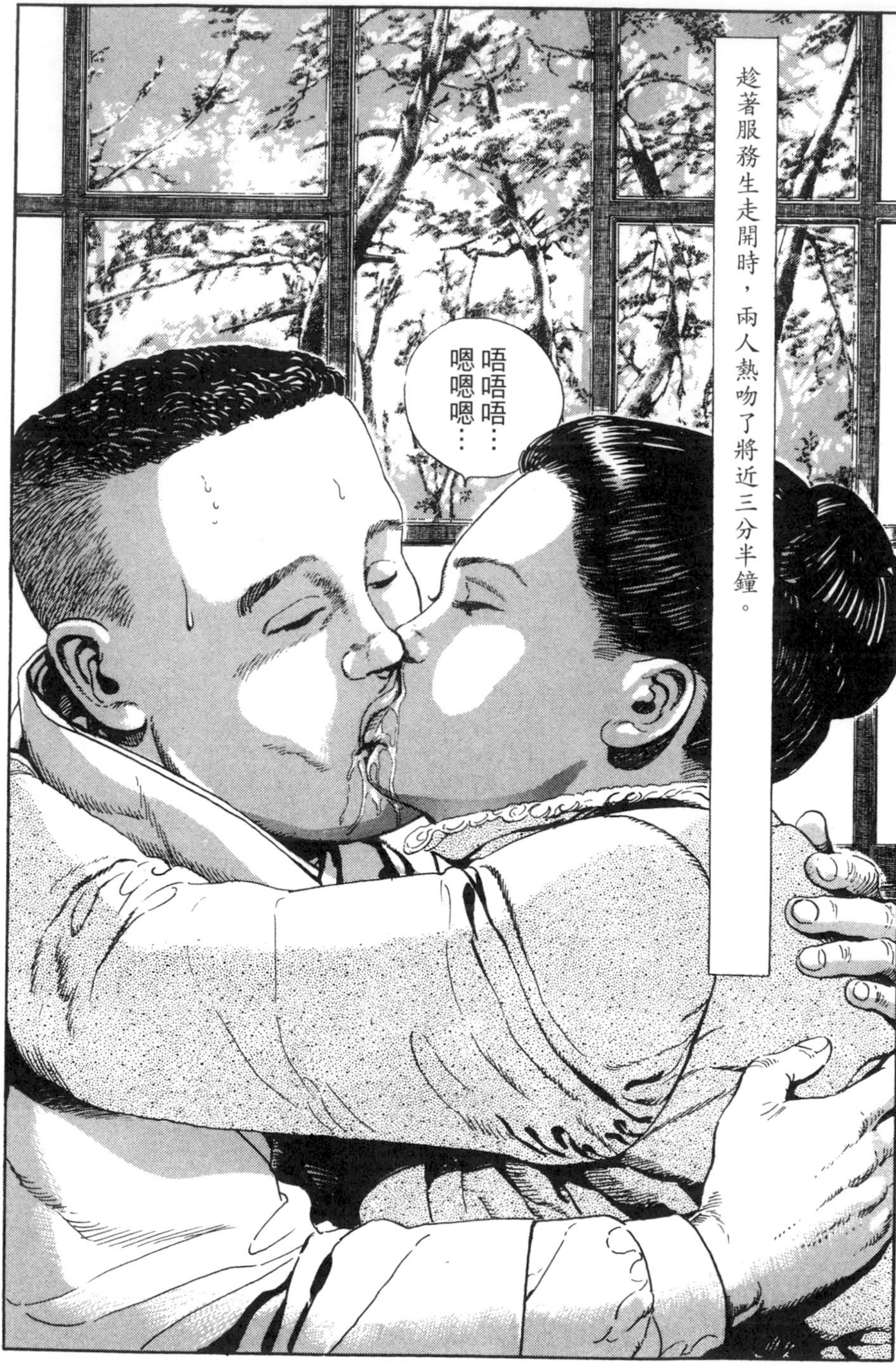
趁著服務生走開時，兩人熱吻了將近三分半鐘。
唔唔唔…嗯嗯嗯…

唔唔、
咕嘟
嗯、唔、唔、
嗯嗯……
喀啦
咦…？
唔唔、
啾啾、
天啊！
唔唔，
這是什麼奇觀?!

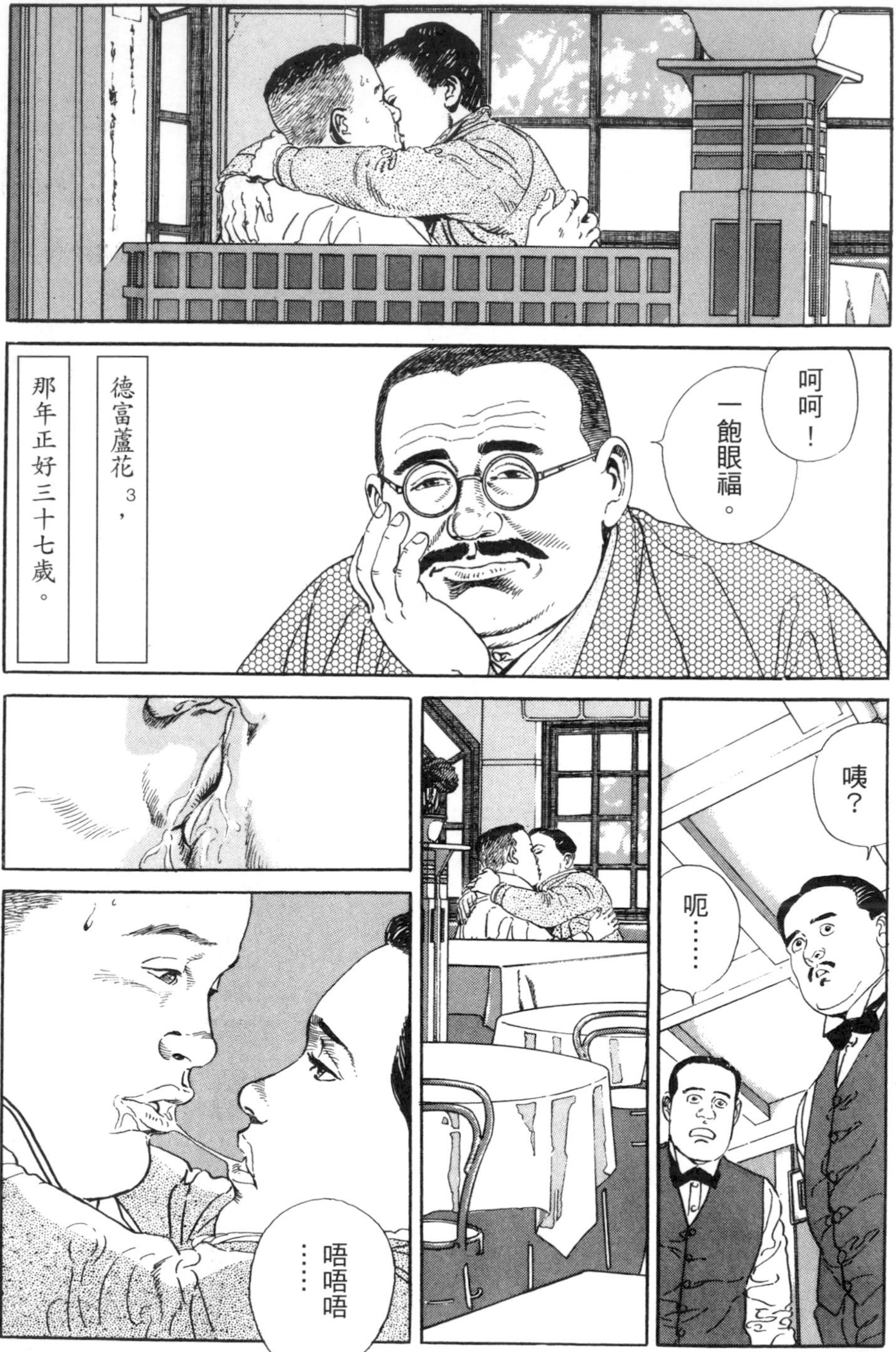

3. 德富蘆花（とくとみ ろか）：日本明治、大正時期的小說家，本名德富健次郎，以小說《不如歸》、隨筆小品集《自然與人生》成為當時的人氣作家。

我願意跟著你到天涯海角！
什麼？
如果是為了追求愛情最純粹的形式……
這個嘛……
答案不是很明顯了？
我隨時都做好心理準備了。
可……可是……
……
……
一起殉情吧！
咦……

平塚明子，雅號雷鳥，那年芳齡十八。
唔唔……
抱緊
咕嘟
……呃
她正是新時代的知識女性，以現代眼光來看，個性就好比原田美枝子[4]、石原真理子[5]再加上池田理代子[6]三人相加再除以三，美麗動人又心高氣傲，雖然聰明伶俐卻魯莽衝動。
哐噹!!
啊……
咳、咳咳咳

4. 原田美枝子（はらだ みえこ）：出身於東京的日本女演員，曾演出深作欣二的《火宅之人》（1986）、黑澤明的《亂》（1985）等電影及多部電視劇。
5. 石原真理子（いしはら まり）：身兼演員、導演和編劇，前夫為名歌手玉置浩二。

漱石構想中的小說又浮現出新的角色，
那是漱石內心所憧憬的女性，象徵著安穩與舊時代，另一個則是他以諷刺眼光，觀察到的新時代年輕女性。

6. 池田理代子（いけだ りよこ）：出身於大阪的日本漫畫家、劇作家及聲樂家，最著名的代表作是漫畫《凡爾賽玫瑰》，深受眾多女性讀者的喜愛。

樋口一葉
舊日本的感性
江戶的意志
舉止安詳
女傭阿清
漱石將這兩個角色命名為……
樋口一葉
舊日本的感性
江戶的意志
舉止安詳
穿洋裝的美女
新時代的意志
薄情女
Pragmatism
stray sheep
瑪丹娜小姐
「阿清」和「瑪丹娜」。
出發的那天，阿清一早就來了，替我張羅這個張羅那個。
阿清在來的路上，從小雜貨鋪買來了牙粉、牙刷和手巾，裝進一個帆布包裡給我。

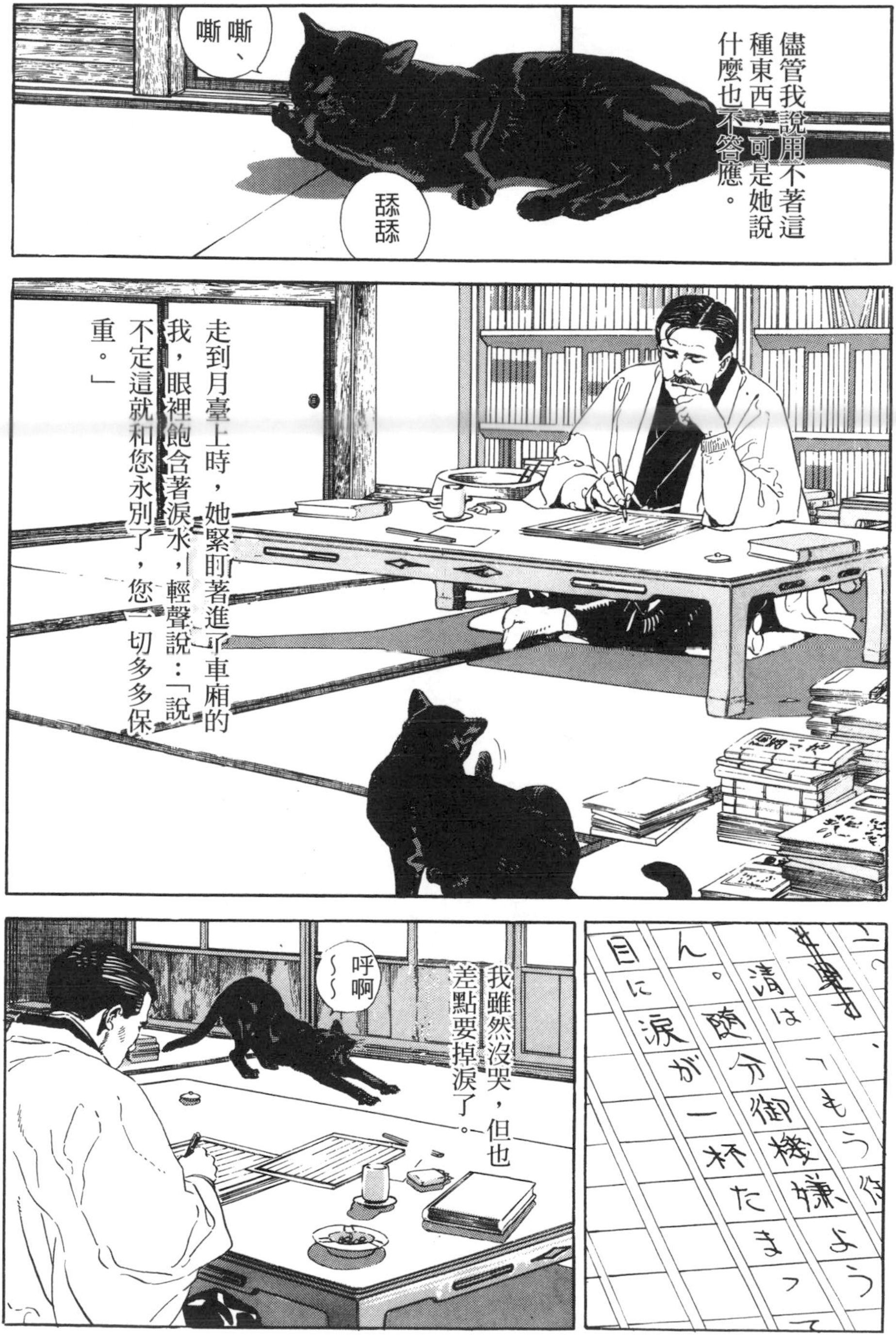
儘管我說用不著這種東西，可是她說什麼也不答應。
嘶、嘶
舔舔
走到月臺上時，她緊盯著進了車廂的我，眼裡飽含著淚水，輕聲說：「說不定這就和您永別了，您一切多多保重。」
清は「もう
ん。随分御機嫌よう
目に涙が一杯たまって
我雖然沒哭，但也差點要掉淚了。
呼啊～～

火車開動後，過了一會兒，
我想應該沒事了吧？便探出
身子回頭一望，
她果然還站在月臺上。
身影已經變得很小
很小了。

第七章 風蕭蕭兮墨水寒

唔、咳咳——
我先來詠歌一首。
維新元勳 山縣有朋，現年六十三歲，
在政界的實力可說是歷久不衰。
大炮……
遠方傳來大炮響……
拉緊韁繩指前方。
唔、咳咳——
……
……

這首詠得不好……
太差了。
山縣確實沒有吟詩作對的天分，
缺乏文才卻偏偏熱衷此道，可能太喜歡班門弄斧，還經常邀請赫赫有名的歌人到豪邸「椿山莊」，舉辦名為「常盤會」的吟詠會。
太高明啦！

真不愧是山縣大人，您是在描述日俄戰爭的戰況吧？
唔、嗯。
……
品格德性益發壯盛，尊皇愛國之心依然不減當年，
嗯……
所以您才會詠出這樣的句子。
唉呀，請恕我失態，
好，好。
……
不肖匹夫，內心實在感動不已。
首相桂太郎，可說是山縣友朋的得力盟友……不，是左右手……勉強算是根食指吧，
無論見了誰都笑嘻嘻的，還會猛拍對方肩膀，這副油腔滑調的模樣被人取了個奇怪的外號，叫做「笑而拍」。

那麼，
接下來輪到哪一位要出來歌詠詩句呢？
哪一位？
您是……
這個嘛……好像是……

在下是伊藤千左夫。
正好四十一歲。
啊，對了，叫作《野菊之墓》的催淚悲戀小說，就是您寫的嗎？
……
看著不像嘛。
這是……什麼意思？
不……不是的，意思是——
什麼看著不像？
伊藤，
嗯？
身為軍醫部長的森鷗外這陣子和山縣有朋往來密切，這時連忙插嘴轉移話題。

可以詠歌了嗎？
我來歌詠一首。
嗯……
這傢伙就算吃了仙丹，也無法達到和歌幽玄的幻想境界，
他的作品靠的是體力、氣力和一股氣勢。
唔、
牧童……
牧童吟詩作對時，
世間新詩大興日。
其實他在本所茅場經營乳牛榨乳事業。
哦，
好、
好、
很好。
唔唔，

養牛的……
牧童吟詩作對時，世間新詩大興日。
感覺不到什麼詩意呢。
……這應該是
社會主義吧？
這算是社會主義嗎？
伊集院警視……
呃……
這個嘛，該怎麼說才好呢？
……
……
這是首和歌，還不錯！
我深受感動。
乍聽像是武功高手老練地回敬對手一刀，
森老師，但還欠缺詩歌本身的高格調吧？
他的作品淪為表明自己心跡。
……

這說得太過分了吧？
……
養牛的，在山縣大人面前不可無禮。
……
思想傾向有點危險啊……
這不是什麼思想，
是在下的志氣。
是嗎？
只是想要強調，不可以忘記我國自古以來壯丁的氣魄……

伊集院，你怎麼看？
鷗外老師既然都這麼說了，應該就是這樣吧。
哦？
是嗎？
那麼……
相比之下如何呢？
您是指？
……和我寫的和歌，何者高明？
……
這個嘛……

山縣大人的和歌，格調有如枯淡的山水……
讓我聯想到畫家透納1寂靜清冷的畫作。
唔唔……
是嗎？
……像透納嗎……
而伊藤先生的和歌是牧歌一般的情調，
嗯！
他長得和伊藤老師頗為相似，
外貌雖然粗豪，個性卻多愁善感。
在下曾經在法國巴黎留學，和愛酒的名詩人魏倫2結為忘年之交，
哼！

1. 約瑟夫・瑪羅德・威廉・透納（Joseph Mallord William Turner，1775-1851）：英國浪漫主義派的風景畫家。
2. 保爾・魏倫（Paul Verlaine，1844-1896）：法國象徵派詩人。

3. 與謝野鐵幹（よさの てっかん）：明星派的抒情詩人，慶應大學教授，活躍於明治時期到昭和前期，其夫人是著名文學家與謝野晶子。

漱石參加過這次聚會，
對於小說的構想又更進一步了，
轟隆
轟隆
轟隆
他開始想像小說中的反派人物。

山縣有朋可以轉化為主角「少爺」任職的那所中學的校長。
呵呵，桂太郎就是個湊趣幫閒的，根本是個馬屁精。
呵呵
呵呵
呵
呵呵
轟隆
轟隆
轟隆
轟隆
轟隆

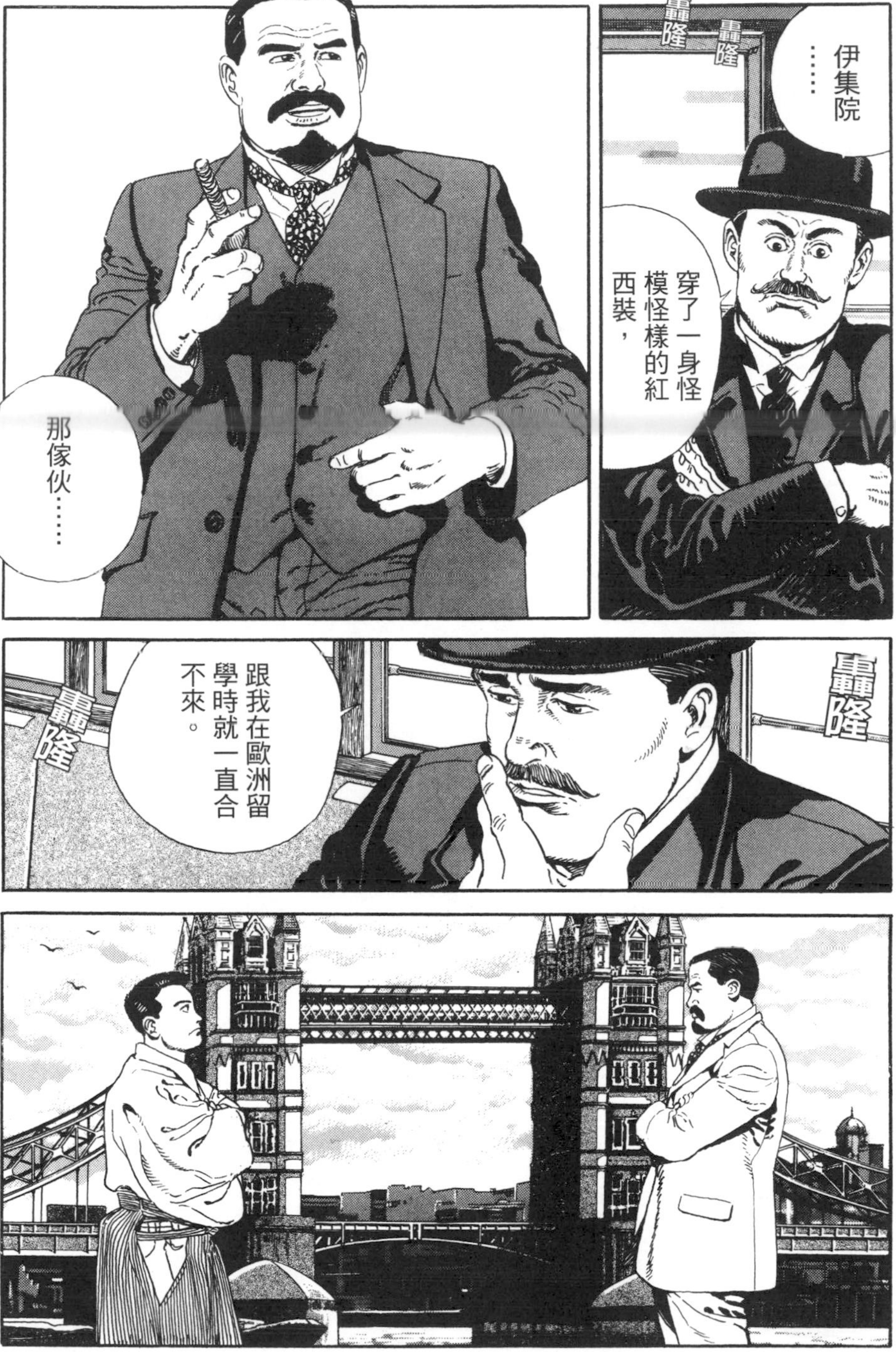
轟隆
轟隆
伊集院……
穿了一身怪模怪樣的紅西裝，
那傢伙……
轟隆
跟我在歐洲留學時就一直合不來。
轟隆

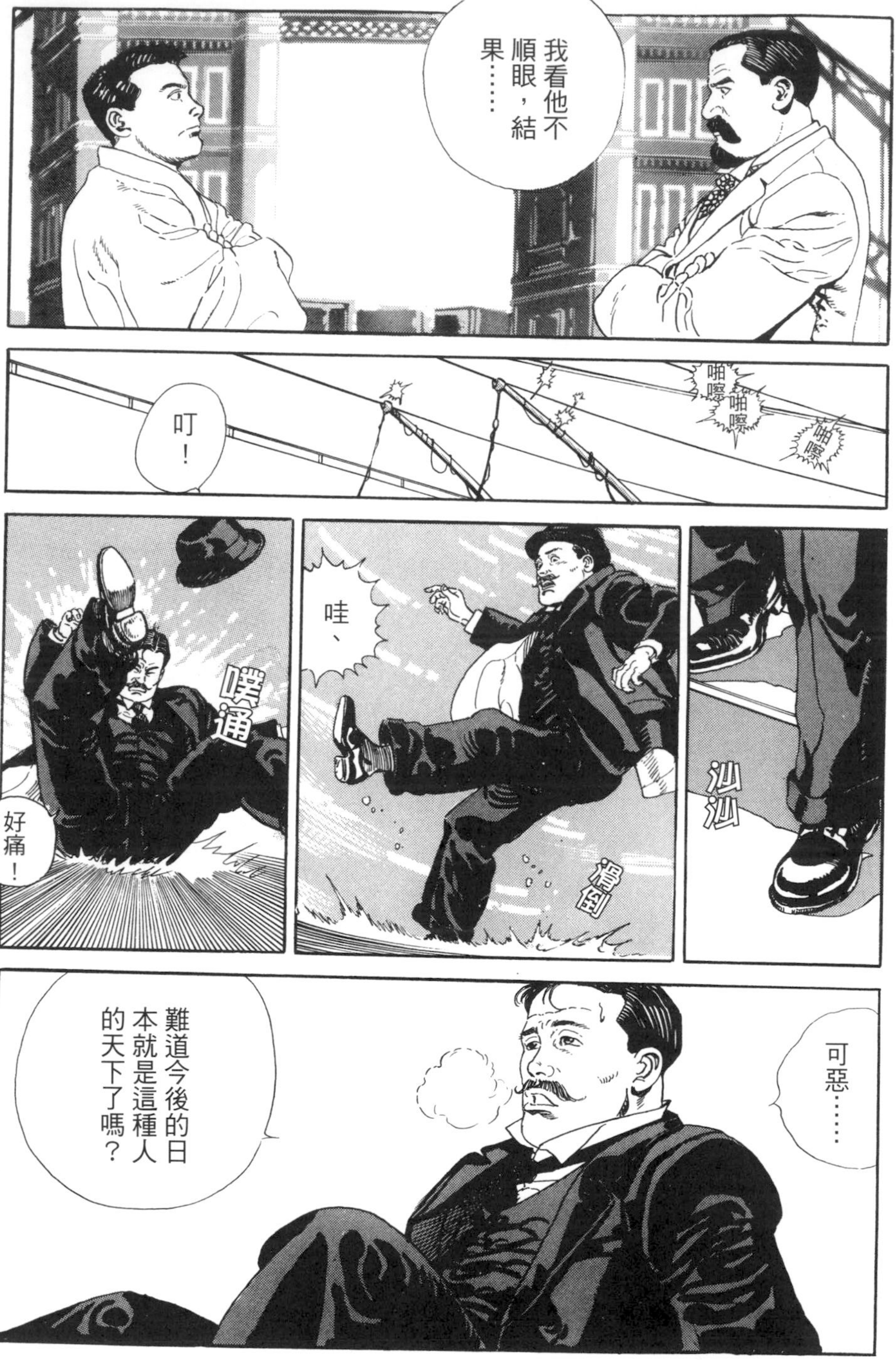
我看他不順眼，結果……
啪嚓
啪嚓
啪嚓
叮！
沙沙
哇、
滑倒
噗通
好痛！
可惡……
難道今後的日本就是這種人的天下了嗎？

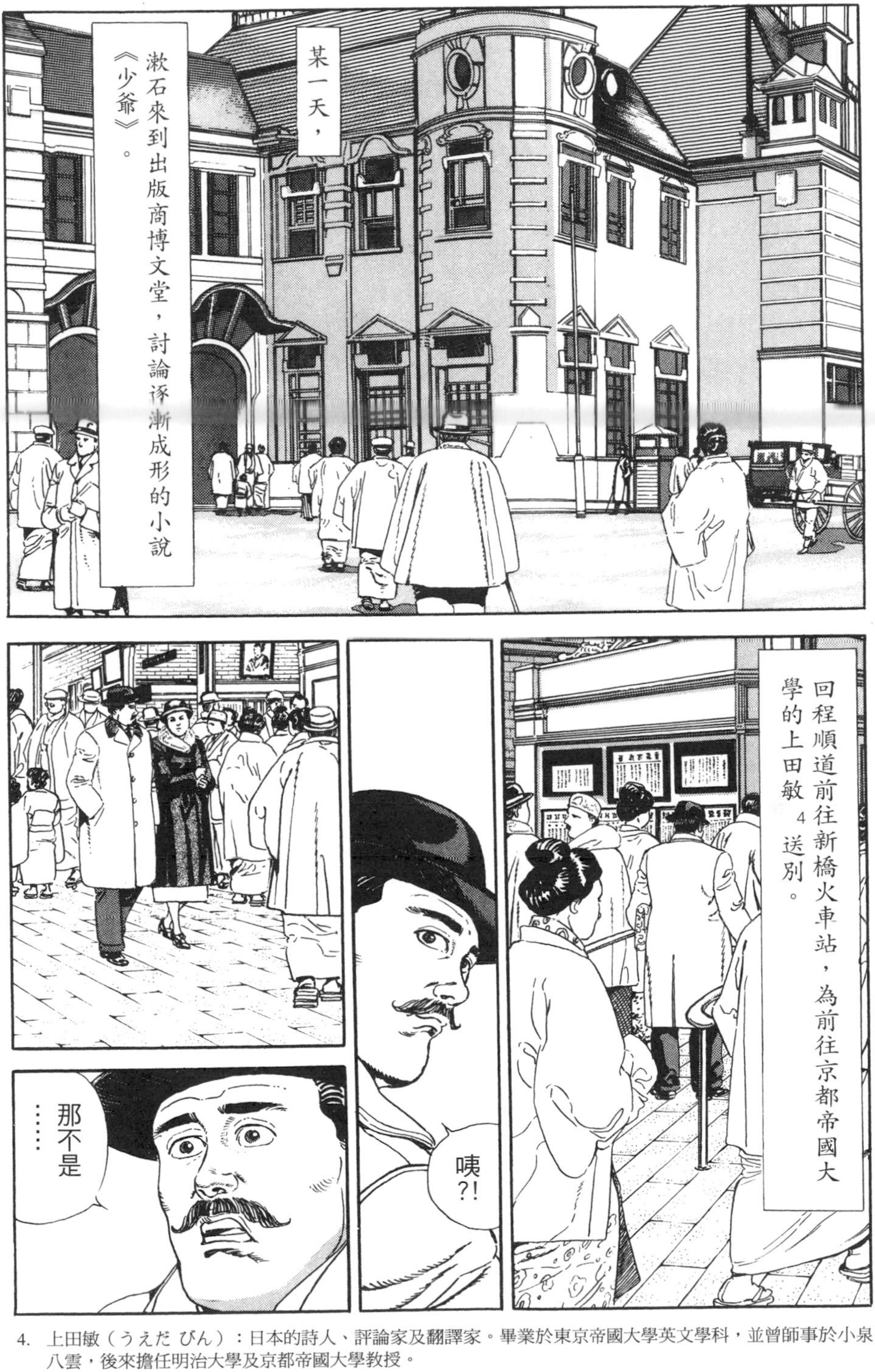
某一天，
漱石來到出版商博文堂，討論逐漸成形的小說《少爺》。
回程順道前往新橋火車站，為前往京都帝國大學的上田敏4送別。
咦?!
那不是……

4. 上田敏（うえだ びん）：日本的詩人、評論家及翻譯家。畢業於東京帝國大學英文學科，並曾師事於小泉八雲，後來擔任明治大學及京都帝國大學教授。

漱石意外目擊一對男女，
那是讓森田草平苦惱不已的平塚明子和伊集院影韶。
結果是……
紅襯衫贏了嗎？
國木田先生，我決定了！
什麼？
為了要懺悔所有和異性的罪過，
我要動身去伊香保溫泉了。
在那裡好好寫小說，
不會再跟女人犯同樣的過錯了。
可……可是……
你這樣子……
德富蘆花在車站巧遇國木田獨步，
蘆花躁鬱不已，自顧自地跟困惑的獨步表白自己的罪過，一開口就沒完沒了。

咚
啊，對不起……
沙沙
啊，
謝謝你。

歷史有時偏愛戲劇性的演出，
那天午後，許多歷史人物偶然在新橋車站中央大廳底下齊聚一堂，但他們本人卻沒有察覺到。
漱石撞上了名叫安重根的朝鮮人，幾年之後，這位愛國志士在哈爾濱開槍射殺伊藤博文，幫漱石撿起書本的年輕人，正是陸軍少尉東條英機。
這就是明治三十八年，人山人海的年末。

第八章

另一位「少爺」

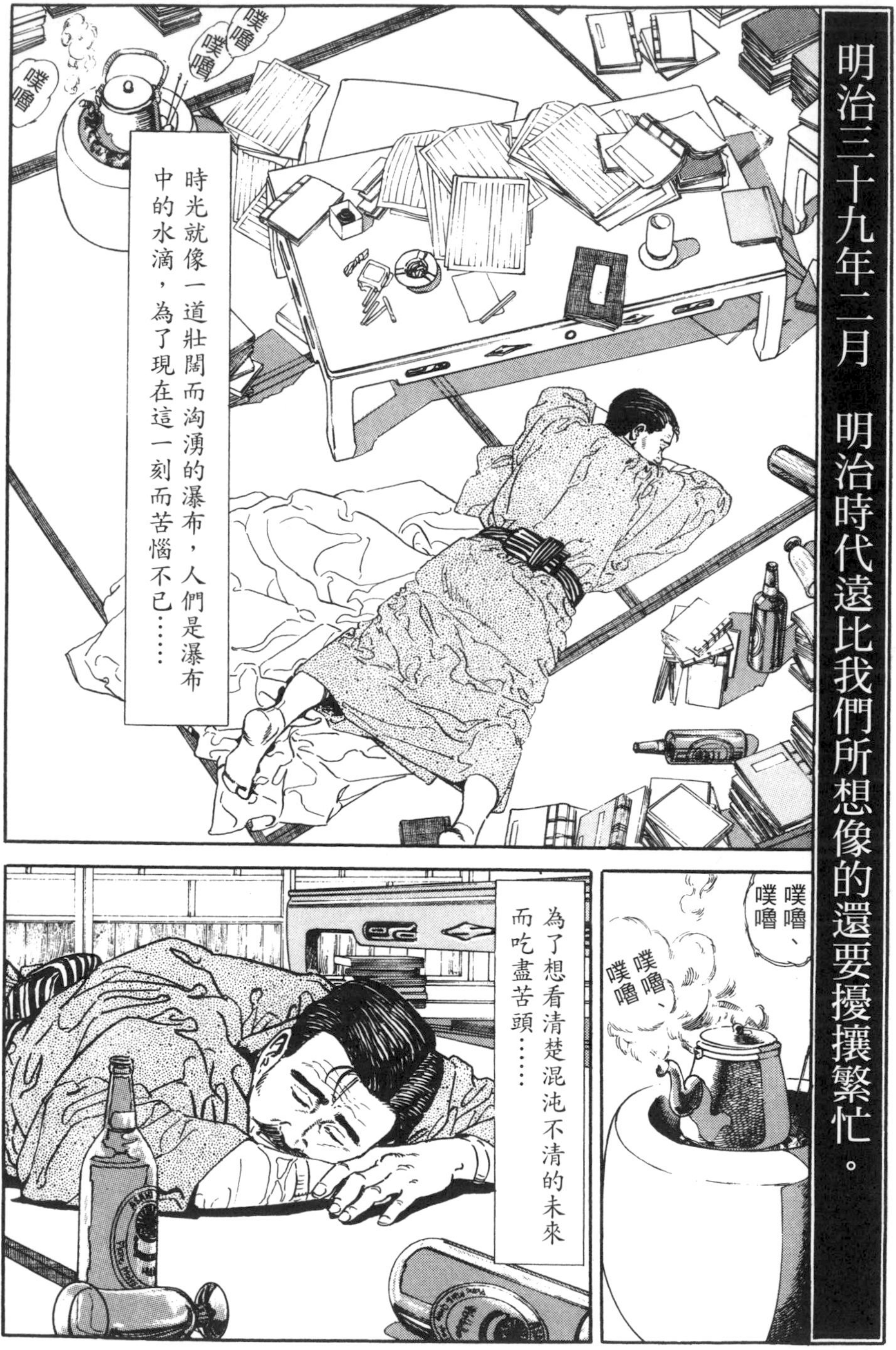
明治三十九年二月　明治時代遠比我們所想像的還要擾攘繁忙。
噗嚕
噗嚕
噗嚕
時光就像一道壯闊而洶湧的瀑布，人們是瀑布中的水滴，為了現在這一刻而苦惱不已……
噗嚕、噗嚕
噗嚕、噗嚕
為了想看清楚混沌不清的未來而吃盡苦頭……

明治的貓兒也是相當忙碌的。
沙沙
大口咬
嗚嘎哇啊——
小黑貓愛上了對門律師家的三毛貓，卻被軍人家裡的白貓和黃包車夫養的黑白貓窮追猛打，弄得狼狽不堪。
喵吼——
喵嘎——
喵嗚、喵啊

唉呀呀，
……
貓兒跟主人還真像啊。

喀啦、喀啦
左看右看
嗚
嗚……
搔頭搔頭
有件事弄得我心煩意亂…
哈哈，
又是帝大文學院的事嗎？
唉……
是啊。
漱石告訴會津出身的俠客堀紫郎，在課堂上發生的一段插曲。

syn 或 sym 這樣的字首代表的意思是同一性。
例如，Pity's akin to love.
憐憫近似於愛情。
如果用江戶方言來解釋這句話，
類似「好可憐、我愛上你嘍」的意思，
把同樣的詞換成sympath……
那麼就會變成……
喂！你啊！

……？
真是太沒禮貌了！
怎麼可以模仿英國人？
怎麼了？
英國人？
模仿？
怎麼搞的？
不准把手插進口袋裡，瞧不起人也要有個限度！
……
夏目老師，
這樣是在為難他。
咔答
怎麼會為難呢？
魚住同學並不是上課把手插在口袋裡，
而是因為他沒有左手。

啊啊，
唔……
那名獨臂的學生叫魚住惇吉，替他發言的學生則是鈴木三重吉。
向來膽怯的漱石深感狼狽，雙手放在講臺上沉默了很久。
嗯……這個嘛……
既然老師我都腦袋空空地在這裡授課了，
你自然也可以露出獨臂來。
啊哈哈哈哈哈哈哈哈
啊哈哈哈哈哈哈
哈哈哈哈
呼……

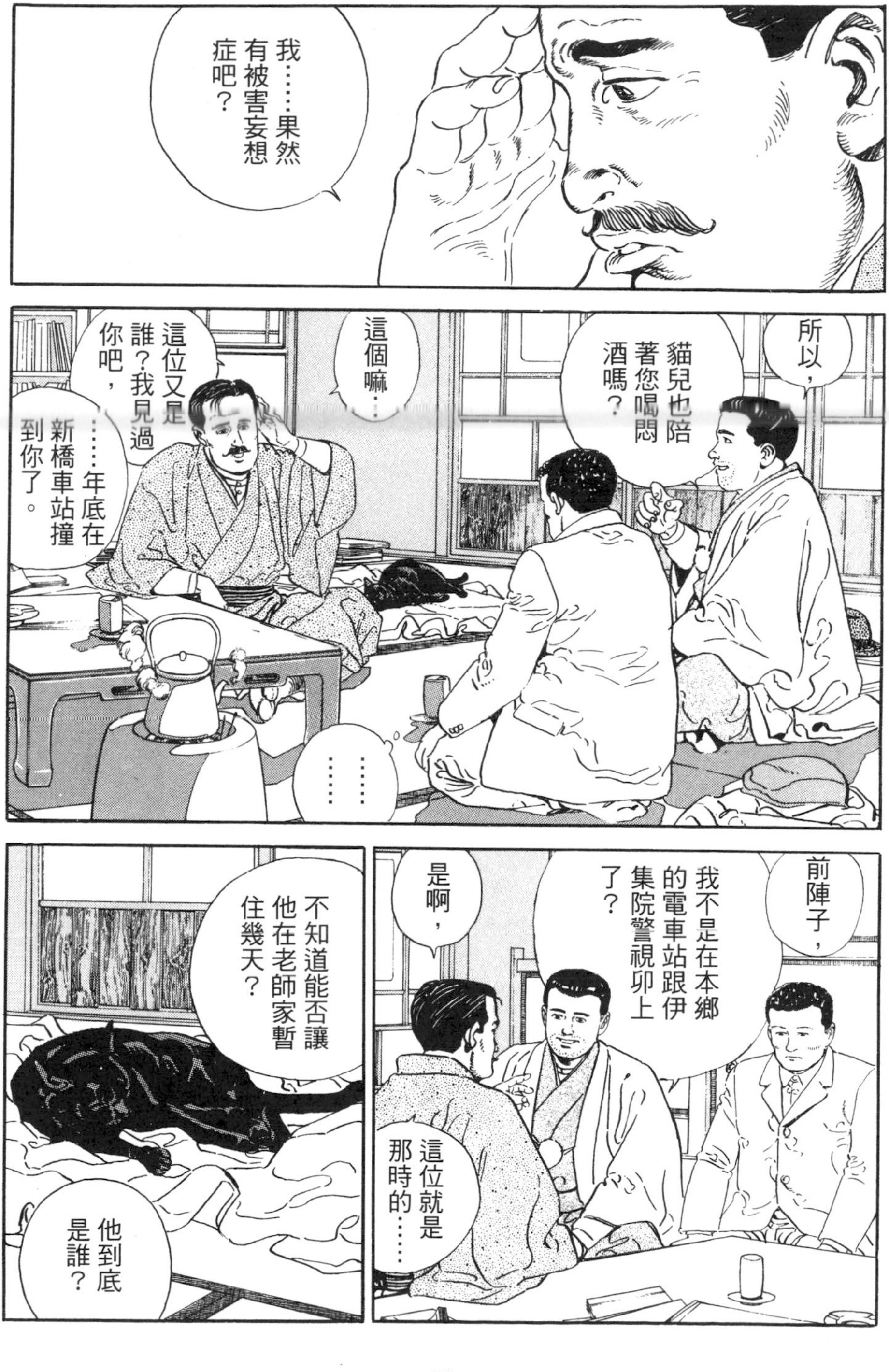
我……果然有被害妄想症吧？
所以，
貓兒也陪著您喝悶酒嗎？
這個嘛……
這位又是誰？我見過你吧，
……年底在新橋車站撞到你了。
……
前陣子，
我不是在本鄉的電車站跟伊集院警視卯上了？
是啊，
這位就是那時的……
不知道能否讓他在老師家暫住幾天？
他到底是誰？

他姓安，是朝鮮來的留學生，
下個月就回國了，只住到那時候。
是嗎？
……
……
既然師母和孩子們都回娘家了，我想……
收留一兩名書生，應該不打緊吧？
是有什麼苦衷嗎？
轟隆
轟隆
轟隆
那名青年並不是留學生，
而是憂心國事的恐怖分子。

昨日，堀紫郎代表關東小金幫，出席黑幫大老清水次郎長（山本長五郎）的第十三週年忌日大會，回程搭乘東海道線的火車。
轟隆
轟隆
轟隆
轟隆
哐咚
轟隆
轟隆
哐咚
……
轟隆
哐咚
轟隆
大哥！
我曉得。
瞪視

哐咚
轟隆
哐咚
轟隆
哐咚
轟隆
哐咚
轟隆
哐咚
喀啦
喀啦
轟隆
哐咚
轟隆
唔……
喀喀、
喀喀、
喀、
要是我，就不會用自動手槍。
!

大驚
呃嗚、
這馬上就會卡膛。
哼哼、
喀、喀
叫你住手啊，
地點太差勁了。
喀噠！
砰
唉呀……
咻！
喀噠

哐咚
轟隆
轟隆
從大磯別墅返回東京的山縣有朋和伊集院影韶警視一行人，正好坐在一等車廂。
哐咚
轟隆
我去如廁。
轟隆
哐咚
轟隆
……
我還以為你是那些社會主義者。
一等車
一等車

原來是個外國人。
……
咔啦咔啦
吱嘎
真是巧遇。
沒想到又見面了。
偷拿

手槍的款式很稀罕，可惜選得不好。
什麼？
該用左輪手槍，艾伯·強森公司的槍枝比較好，
而且得挑對目標才行。
轟隆
轟隆
轟隆
咦？
從去年開始致力於「保護」朝鮮，其實就是要把朝鮮收為從屬國的官員，
不是山縣大人，
……
而是伊藤博文啊！
你們千萬別搞錯了。

開什麼玩笑，
我怎麼可能收留這種人？
嘶叭
嘶叭
嘶叭
伊集院警視打的謎語，意思是想暗殺山縣的話就逮捕你，但換個目標就當作不知道。
古人也說過窮鳥入懷……
不管怎麼說，我不想招惹任何麻煩，
對朝鮮的未來，我更是沒有任何興趣。
呼……
……
……
漱石個性相當頑固，
膽子也很小。
嘶叭
嘶叭
嘶叭

不只漱石，對明治時代的知識分子來說，亞洲根本不值得理睬，
在競相以西歐為典範的近代化浪潮中，他們只能竭力維持搖搖欲墜的自我。
拜託那位老師，我看是行不通的。
……
還是去找森鷗外老師試試吧。
此後，過了三年左右，
一九〇九年十月二十六日，安重根在哈爾濱火車站開槍射殺前韓國統監伊藤博文。
阿里屋
酒

美國製的手槍操作完全正常，
射出五發子彈，命中三發，
砰！
砰！
砰！
砰！
砰！
其中兩發從腋下打穿右臂後射進胸部，讓伊藤在三十分鐘後喪命。
與歷史潮流相抗衡的安重根，在某種意義上也是一位「少爺」。
安重根在翌年一九一〇（明治四十三）年六月在旅順被處死，日韓在兩個月後簽訂合併條約，韓國便從地圖上消失了。

這隻日後大大出名的黑貓，
在明治四十一年九月十四日死於早稻田南町，
就在庫房的爐灶上。
喵、
喵嗚、喵嗚
喵嗚、咪嗚
直到最後還是沒有名字。

第九章

一陣春風

明治三十九年三月，
一個早春和風吹拂的午後，
伊集院影韶招待平塚明子前來品茶。
深受山縣有朋信賴的伊集院，借到
椿山莊的茶室來款待佳人。

太意外了，
您竟然對日本傳統茶道有這麼深的造詣。
唰
唰
唰
我在歐洲時，也會在自己的房間裡泡茶。
這是 elite 的愛好啊。
elite？
elite，
是法文，意思就是菁英階層。
和魂配上洋才，
必須具備這樣的精神，才能一肩擔起日本帝國的未來。

「源於尊敬之情的戀愛…」
源於尊敬之情的戀愛…
「通常比基於同情的戀愛更…」
通常比基於同情的戀愛更…
下面的survivre plus longue……
意思是延續得更為長久。
所以，再回到句首……
回到句首……

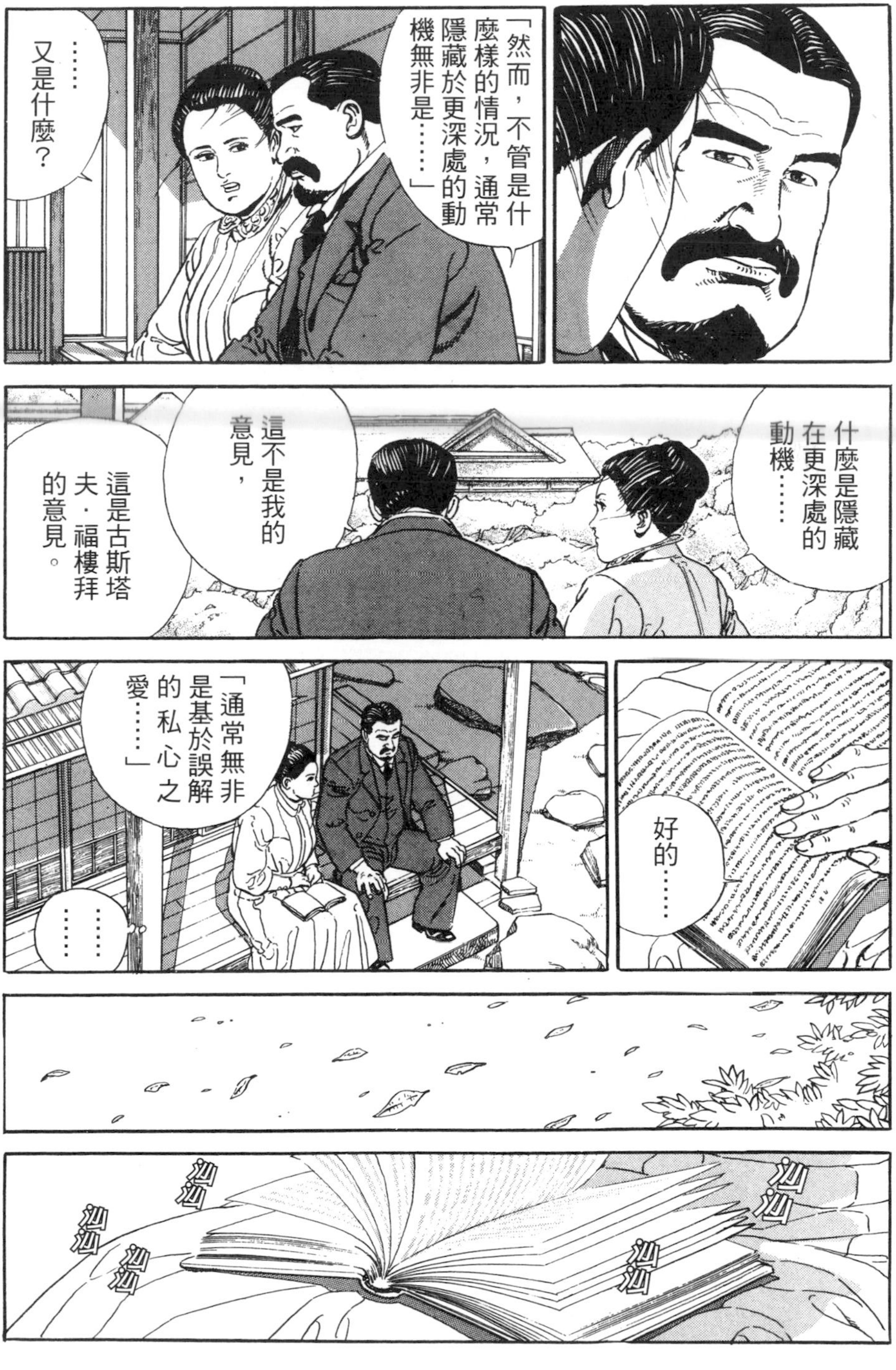
「然而，不管是什麼樣的情況，通常隱藏於更深處的動機無非是……」
……又是什麼？
什麼是隱藏在更深處的動機……
這不是我的意見，
這是古斯塔夫·福樓拜的意見。
好的……
「通常無非是基於誤解的私心之愛……」
……
……

沙沙
沙沙
沙沙
沙沙
沙沙
沙沙
咚
古斯塔夫·福樓拜　著，《情感教育》（*L'Éducation sentimentale*）
自從年號改為明治，已經過了四十年，日本的資本主義終於脫離搖籃期，
其中一項證據，就是強勢的菁英階層，還有不再壓抑自我的勇敢女性出現了。

春天的強風毫無差別地吹拂在每個人的臉上，
喀噠
喀噠
也吹過了被平塚明子玩弄於股掌間的一名失意青年。
森田草平在傷心之餘決定啟程返鄉，
他打算先去千駄木的夏目漱石家辭行。

三大啤酒製造商……要合併了……
日本、札幌、大阪三家合併後，成立新的大日本啤酒，
市占率竟然高達七成……
能夠打對臺的，只剩下三菱旗下的麒麟啤酒了……
沙沙
什麼嘛，結果是三井和三菱的鬥爭嗎？
唉……總之啤酒是萬萬不能再喝了……

內務省受理日本社會黨所提出的組黨申請書……
咦？
啪！
唔，
新作預告
島崎藤村著『破戒』
作者嘔心瀝血完成了
自然主義小說大作！
早已不需天才詩人的頭銜，
面臨是否捨棄新體詩的抉擇。
東京神田神保町書肆上田屋
電信振替東京む二二六六番
喔喔……
……《若菜集》1的島崎藤村，
寫起了小說來……

1.　《若菜集》：詩集，島崎藤村於明治 30（1897）年刊行的處女作，被譽為日本浪漫主義文學的代表作品。

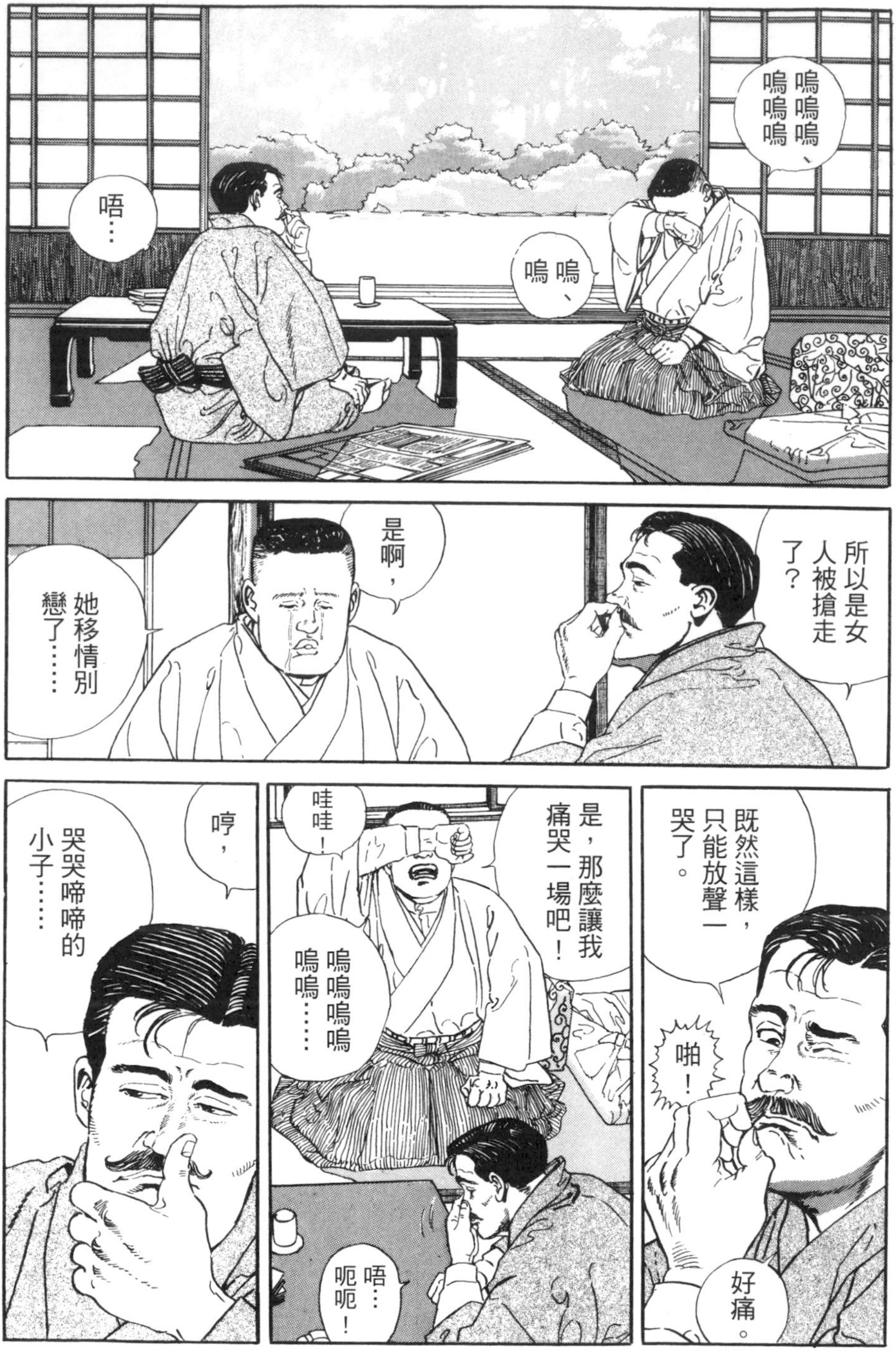
嗚嗚嗚、嗚嗚嗚
嗚嗚、
唔……
所以是女人被搶走了？
是啊，
她移情別戀了……
既然這樣，只能放聲一哭了。
啪！
好痛。
是，那麼讓我痛哭一場吧！
哇哇！
嗚嗚嗚嗚嗚嗚……
唔…呃呃！
哼，
哭哭啼啼的小子……

啊？
不……沒事，那個……
那個包裹是什麼？
呼嚕
啊，
那是畫。
為了留念，我畫了一張肖像。
畫畫嗎……
是明子小姐的肖像。

嗚嗚……
是嗎？
平塚明子又是怎麼跟伊集院認識的？
去年年底……
在麻布龍土軒西餐廳的宴會，他們……
嗚嗚嗚……
有島寫信來了嗎？
是什麼樣的宴會？
太懷念紅葉[3]老師啦。
書名好像叫《其面影》[4]。
算是文學界的聚會。
鏡花[2]的病情聽說很嚴重啊。
鏡花？你是說那個陰沉的傢伙……
漱石的小說充其量是寫來打發時間吧？

2. 泉鏡花（いずみ きょうか）：活躍於明治後期到昭和初期的日本小說家，本名泉鏡太郎。

島崎老師，
柳田國男[5]　三十歲
您的小說進行得怎麼樣？
稿子正在謄寫當中。
已經有兩百五十張稿紙了。
題目定下來了嗎？
國木田獨步　三十四歲
是的
我決定命名為《破戒》。
島崎藤村，
正好也三十四歲
田山花袋[6]　三十四歲
我聽說您落得生活窮苦無依……
是啊。
三個小孩竟然因為營養不良而夭折，尊夫人還染上夜盲症。

3. 尾崎紅葉（おざき こうよう）：小說家，本名尾崎德太郎，明治文壇的大人物，明治30（1897）年開始在讀賣新聞連載的長篇小說《金色夜叉》廣受歡迎，但因胃癌於明治36（1903）年逝世，留下未完的作品。

不是營養不良，
……
是傳染病的關係。
不管怎樣，犧牲還是太大了。
……
文學難道有非得要棄家人於不顧的價值嗎？
這……
應該先讓家計安定，
行有餘力再來創作，這才是正確的吧？
唔……
這個嘛……
伊集院，
所謂的文學是……
我也贊成，
喔？
女性並不是男性的附屬品。

4. 《其面影》：二葉亭四迷的小說作品，明治39（1906）年起在東京朝日新聞上連載。

太沒道理了！
妻子只能忍氣吞聲地順從丈夫的一時任性，
明子小姐！
……一時任性？
狂妄的女人……
要是非得犧牲女性才能創作文學，
日本是永遠不可能追上西歐國家的。
兩人就這樣意氣相投了……

5. 柳田國男（やなぎた くにお）：日本民俗學之父，曾任農務官僚，代表作為《遠野物語》等，青年時期原為抒情詩人。

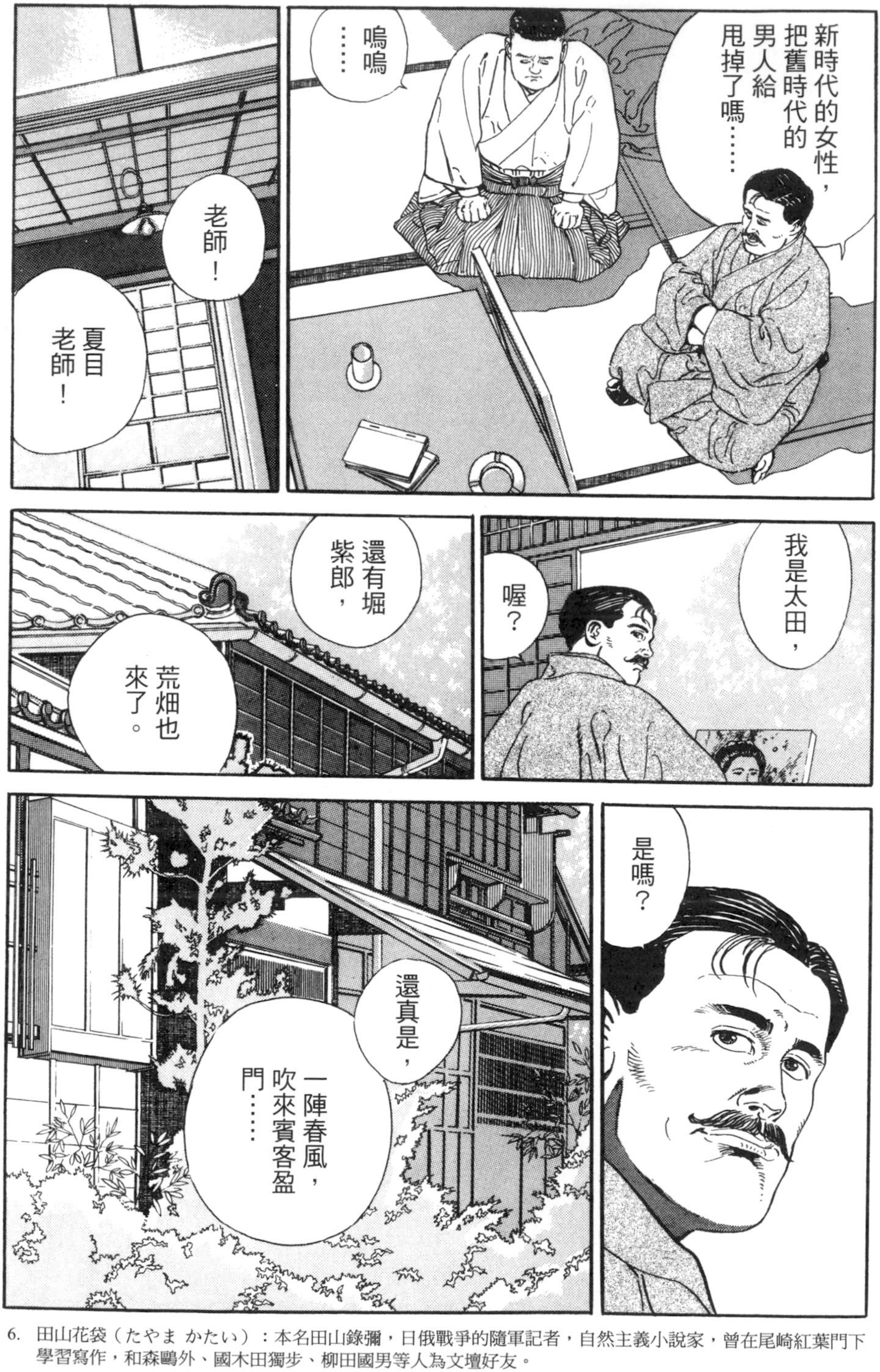

6. 田山花袋（たやま かたい）：本名田山錄彌，日俄戰爭的隨軍記者，自然主義小說家，曾在尾崎紅葉門下學習寫作，和森鷗外、國木田獨步、柳田國男等人為文壇好友。

是嗎？
森田哥還是處男？
我們下次帶你去紅燈區找點樂子！
胡鬧！太難看了，
武士就要有武士的樣子，哭吧！儘管大聲哭！
反正是金之助請客。
咕嘟、
反正有人出錢。
漱石其實不怎麼同情森田草平的遭遇。
人不可貌相，漱石其實知道他十六歲愛上名古屋的妓女，染指了親戚家的女孩，對方還追到金澤來，
森田會從金澤的四高退學，就是因為搞大了人家的肚子。
嘿、
喝！
咕嚕、咕嚕
好！忘了這些不痛快的事吧！
「南望鶴城……炮煙颺……[7]」
哈哈哈哈哈！

7. 明治 17（1884）年，出身會津若松市的文人佐原盛純（さわら もりずみ）創作長篇漢詩《白虎隊詩》，歌詠幕末會津戰爭中「白虎隊」少年武士戰敗後集體切腹自殺的歷史，此為其中一節：「南望鶴城炮煙颺，痛哭 且彷徨，宗社亡兮我事畢，十有六人屠腹僵。」

太田仲三郎很同情森田的遭遇，誇下海口說會幫他報仇雪恨，在即將到來的柔道大賽中，一定會把伊集院影韶打得落花流水。
喂，你聽好！
別哭了——
包在我身上吧！
哇嗚嗚……
你看，
我練得這麼壯了！
沙
沙
沙
我問你為何來到世上，♬
榻榻米上發出一陣沙沙聲，是堀紫郎沉靜地跳起舞來了。
是為了繳稅金和利息哪。♬
荒畑勝三在紀州田邊的報社找到工作，決定離開東京，他上門是來跟漱石道別的。
生於浮世中……♪

8. 施特賽爾（Anatolii Mikhailovich Stoessel）：俄國陸軍中將，日俄戰爭中於 1904 年起擔任旅順要塞司令官、俄國關東軍司令官。在日軍圍攻旅順時被乃木希典率領的軍隊擊敗，開城投降。

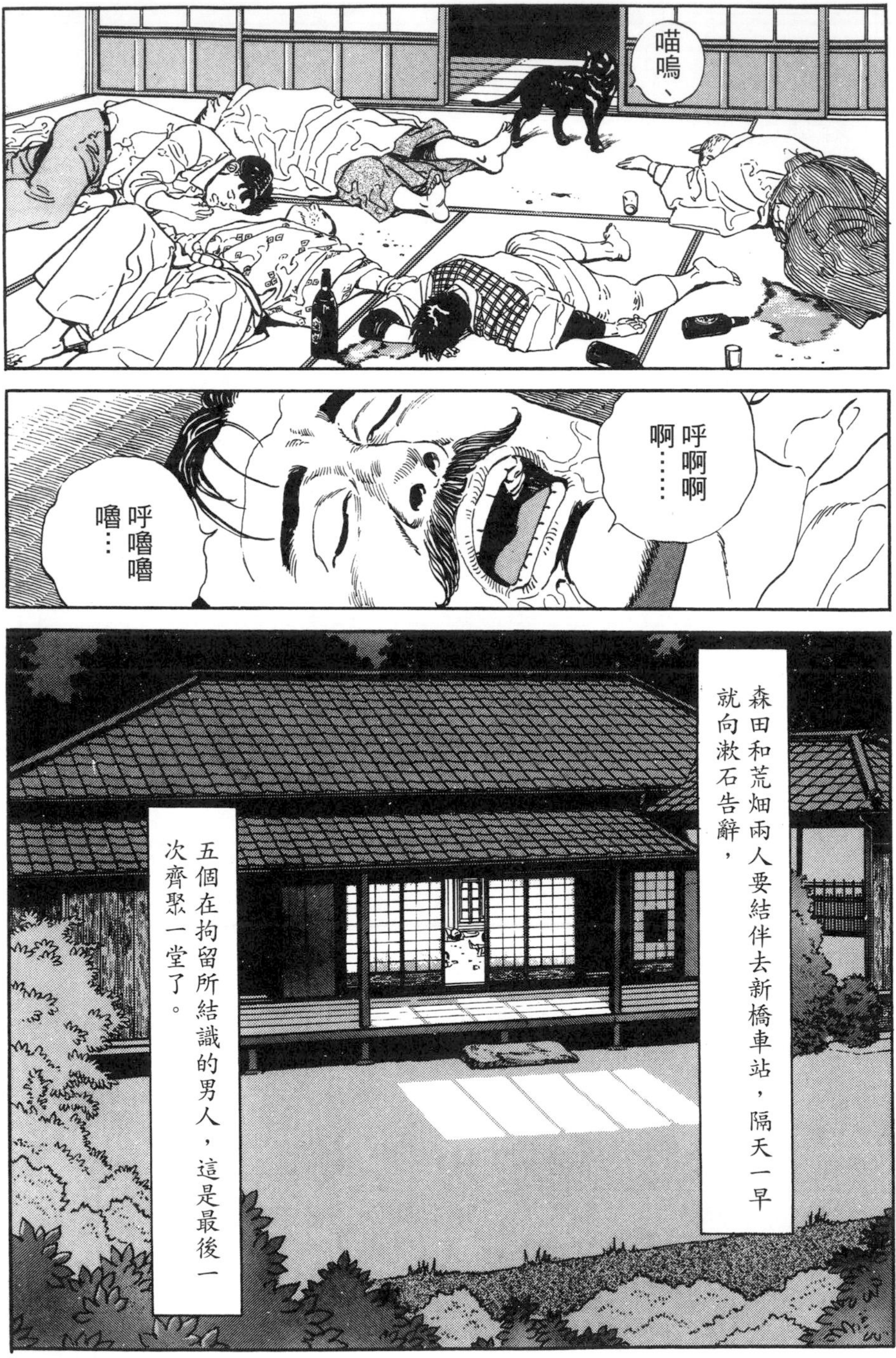
喵嗚、
呼啊啊啊……
呼嚕嚕嚕…
森田和荒畑兩人要結伴去新橋車站，隔天一早就向漱石告辭，
五個在拘留所結識的男人，這是最後一次齊聚一堂了。

第十章 小說家漱石的誕生

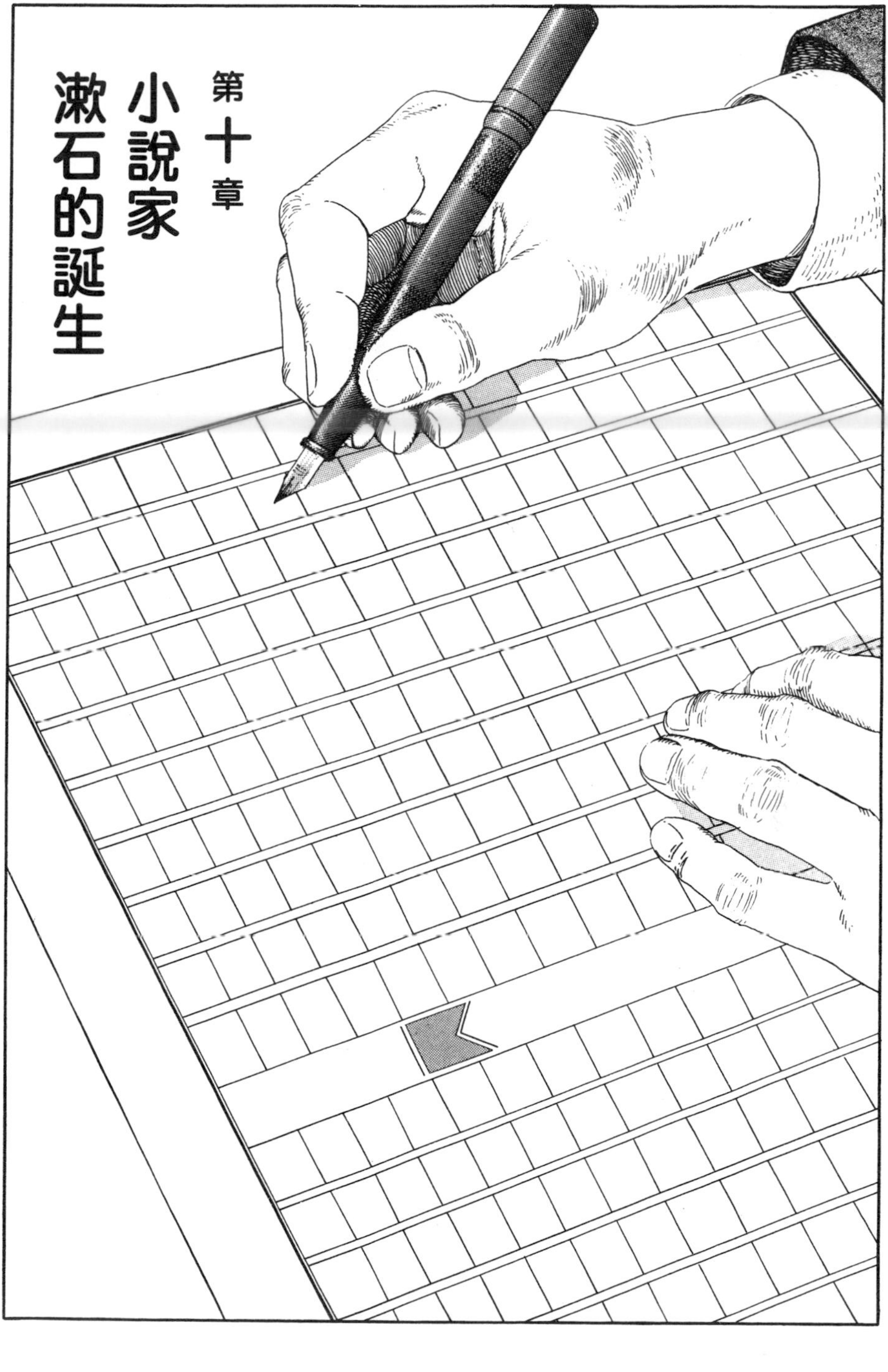

喀啦！
我回來了。
沙沙
明治三十九年
三月二十二日
漱石整理好幾個月以來構思的情節，從三月十七日開始，一鼓作氣地寫起小說《少爺》，
他不確定最後篇幅到底會有幾頁。

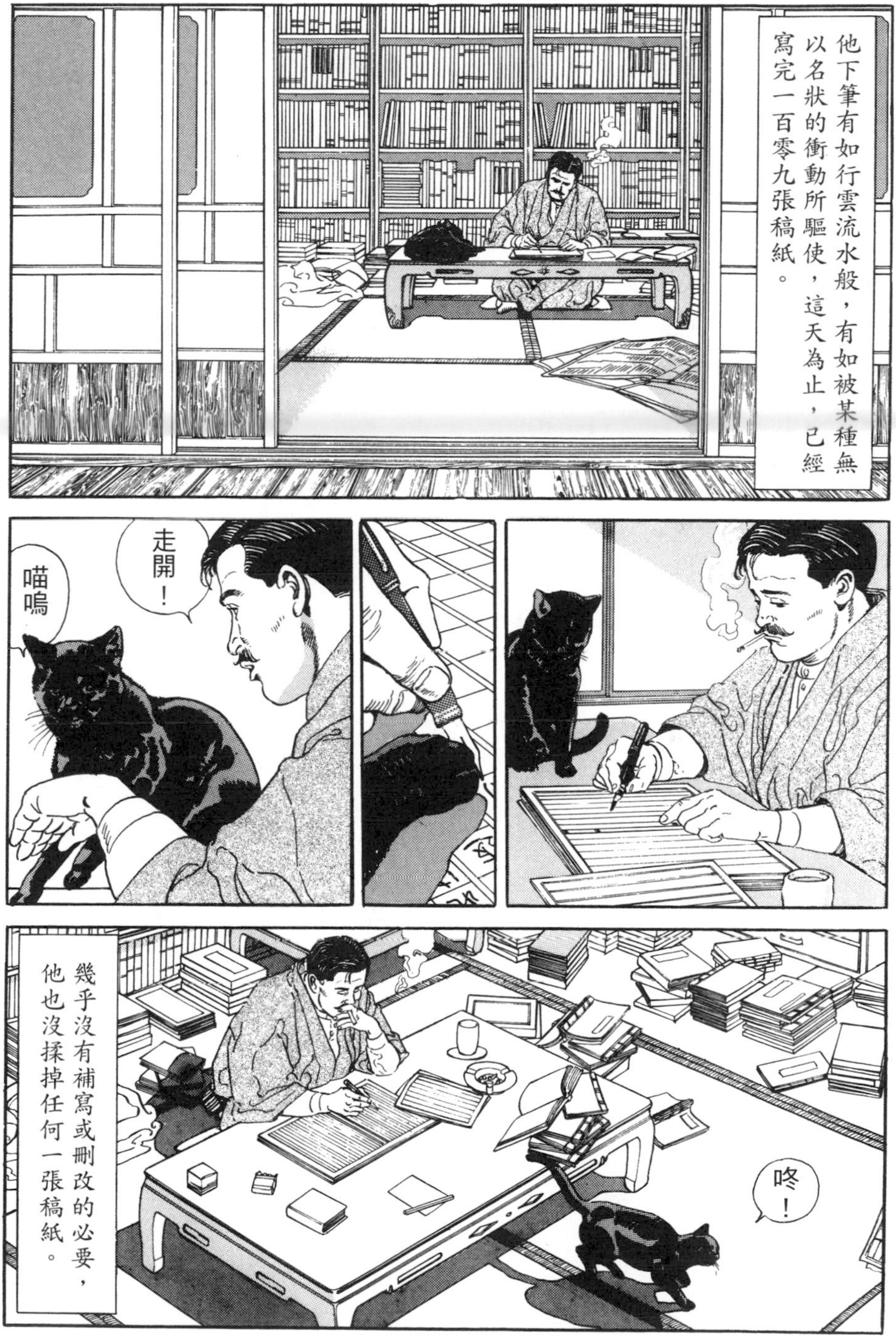
他下筆有如行雲流水般，有如被某種無以名狀的衝動所驅使，這天為止，已經寫完一百零九張稿紙。
走開！
喵嗚
幾乎沒有補寫或刪改的必要，他也沒揉掉任何一張稿紙。
咚！

啊啊啊啊
噗通
──過肩摔！
咚
三月二十三日，椿山盃柔道大賽，
在陸軍大學的練武館舉行。
三段選手太田仲三郎，勝利！

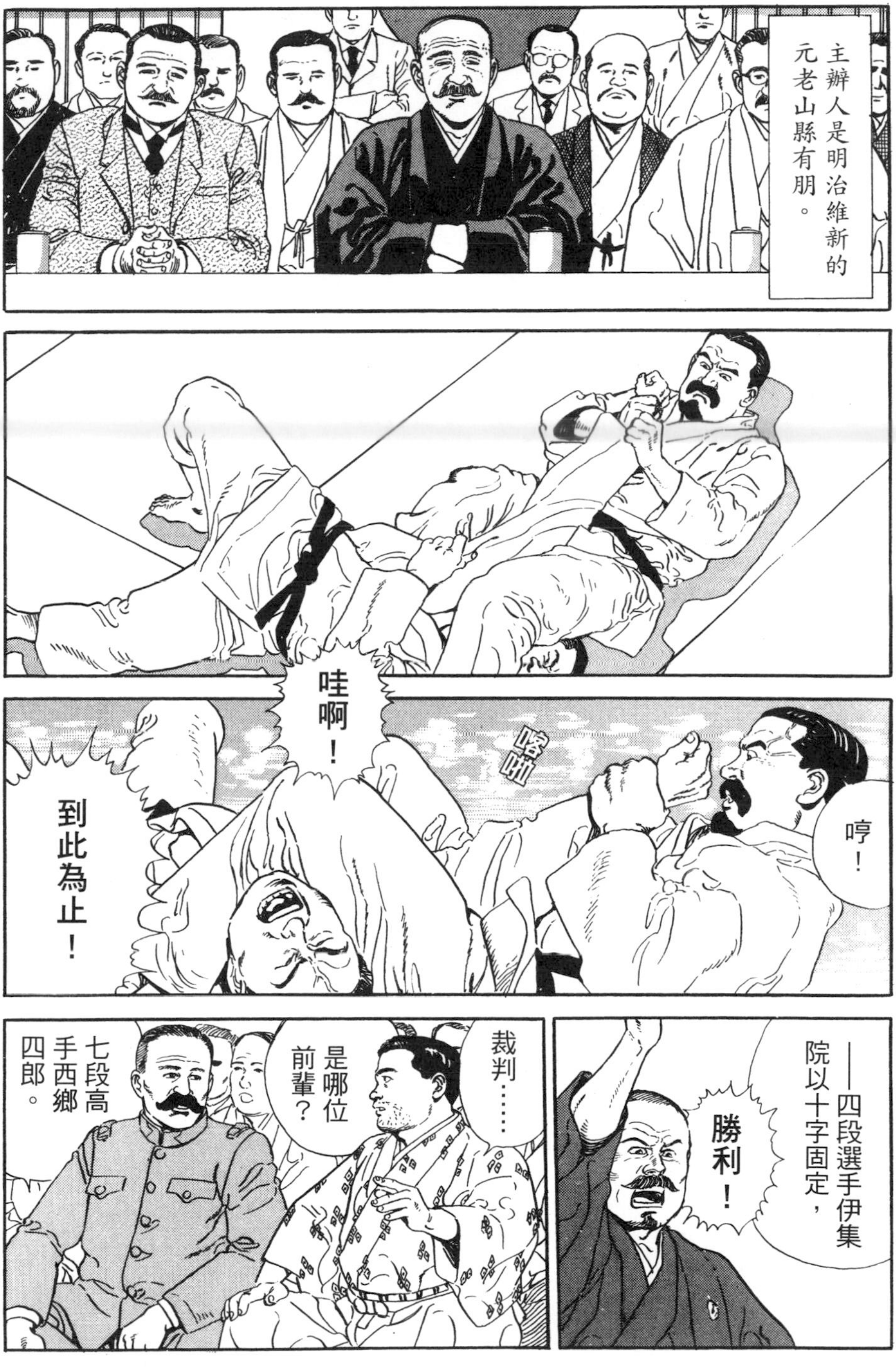
主辦人是明治維新的元老山縣有朋。
哼！
喀啪
哇啊！
到此為止！
——四段選手伊集院以十字固定，
勝利！
裁判……
是哪位前輩？
七段高手西鄉四郎。

西鄉？以絕招「山嵐」成名的那位？
正是。
啊啊啊！
西鄉是講道館的四大高手之一，日後富田常雄的小說《姿三四郎》，就是以他為藍本。
到此為止！
砰！
那年他四十一歲。
大外割！
咕嘟、嗚嗚……
送襟繞頸壓制！

同一天上午
一高的薪水七百圓，再加上……帝大文學院的八百圓……
漱石在盤算要是不教書了，改當職業小說家，不知道經濟上過得去嗎？
収入
一高ヨリ 七百円
援助養父家兩百圓，老婆娘家一百圓……
停下《少爺》的寫作，他開始計算起來了。
嗯……
平均每月收入一百四十七圓五十錢，支出一百二十圓……
家賃
食、薪炭、日用、書籍 八十五円
呼，
援助老家和養父家的負擔太重，我得節儉度日了。

喝啊！
砰！
到此為止！
晉級決勝戰的出賽者是⋯
東京警視廳警視伊集院影韶四段和明治大學學生太田仲三郎三段，
啾啾
啾啾
啾啾
現在暫時休息，於下午三點舉行決賽。

終於等到這一刻了。
是啊，我等好久了。
我要狠狠教訓傲慢的伊集院！
但願能成真啊，
就當成幫森田出口惡氣。
包在我身上，
將來就靠這個啦。拿到二百圓獎金，我要跨海去中國闖蕩天下。
嚼嚼
嚼嚼
這倒也是個不錯的選擇，畢竟我們這個國家的日子大概會愈來愈難過，
對了，你千萬不能大意，小心伊集院的反擊。
嗯，我曉得。

沒問題吧？伊集院老弟。
對手雖然個子小，膽子還挺大的。
膽量有什麼用？不過是個江戶來的渾小子，腦筋不太靈光。
所以不是薩摩的對手？
不，敵不過長州和薩摩的。
嗯、嗯。
山縣有朋和桂太郎都是長州人
呵呵呵。
哇哈哈哈哈！

市區電車慢吞吞地開過外壕大路，
咔答咔答
暖暖的春風讓土手三番町兩旁的櫻花漸漸綻放，明治三十九年的春天來得比往年還早，
中午過後，漱石終於搭車前往赤坂區青山北一丁目的陸軍大學。
轟隆隆
轟隆隆
轟隆隆
下一站，神樂坂下！
他一直考慮著家計問題。
轟隆隆
轟隆隆
看來有點拮据啊……
唉。

唉，《少爺》要是一張稿紙能有一圓稿費的話……
嗤、
叮！
市谷停車場！
哼、
都怪高濱虛子跟他死去的師兄一樣，是個小氣鬼！
嗤！
死去的師兄指的其實是漱石的好友正岡子規，他在明治三十五年病逝。
轟隆隆
轟隆隆
叮
下一站，辦慶橋。
當時作家的生活狀況極為不安定，
資本主義在日本興起，帶來旺盛的消費需求，財富分配卻還沒跟上腳步，農村明明就缺乏食糧，卻不得不採購榻榻米，就是在比喻這個狀況。
文學和藝術成為大眾化商品的時機尚未成熟，實情正如齋藤綠雨[1]所說：「一支筆對上筷子兩根，終究是寡不敵眾。」

1. 齋藤綠雨（さいとう りょくう）：日本明治時期的記者、小說家、評論家。本名齋藤賢，在樋口一葉開始在文壇展露頭角時，與森鷗外、幸田露伴等人聯名推介她的作品。一葉死後編纂其作品全集，後因肺結核病歿，死前將一直留存在身邊的一葉日記託付給文壇友人馬場孤蝶。

總決賽開始！
雙方切記，比試中須無愧於天地神明，
来賓
審判長
来賓
對於勝負結果不能懷恨於心，

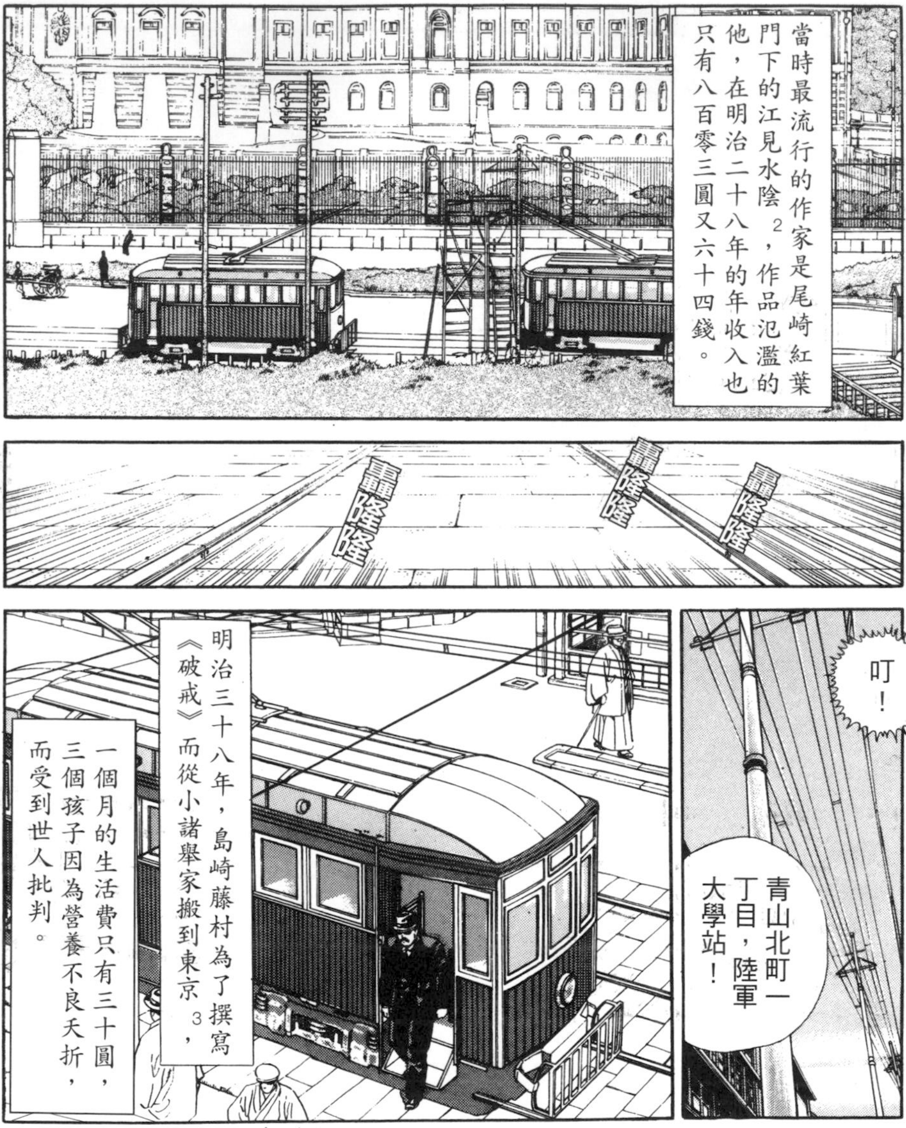
當時最流行的作家是尾崎紅葉門下的江見水陰[2]，作品氾濫的他，在明治二十八年的年收入也只有八百零三圓又六十四錢。
轟隆隆
轟隆隆
轟隆隆
叮！
青山北町一丁目，陸軍大學站！
明治三十八年，島崎藤村為了撰寫《破戒》[3]而從小諸舉家搬到東京，
一個月的生活費只有三十圓，三個孩子因為營養不良夭折，而受到世人批判。
開始！

2. 江見水陰（えみ すいいん）：出身於岡山縣岡山市，本名江見忠功，小說家、編輯及報社記者，硯友社成員之一，創作大量通俗小說、推理小說、冒險小說及探險紀實等。

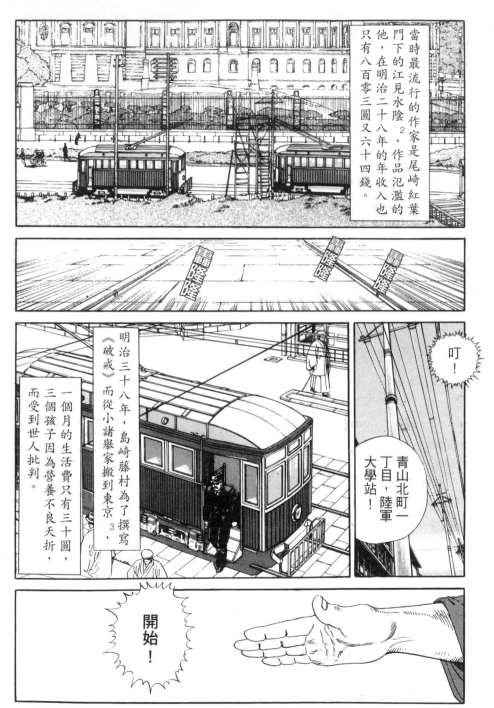

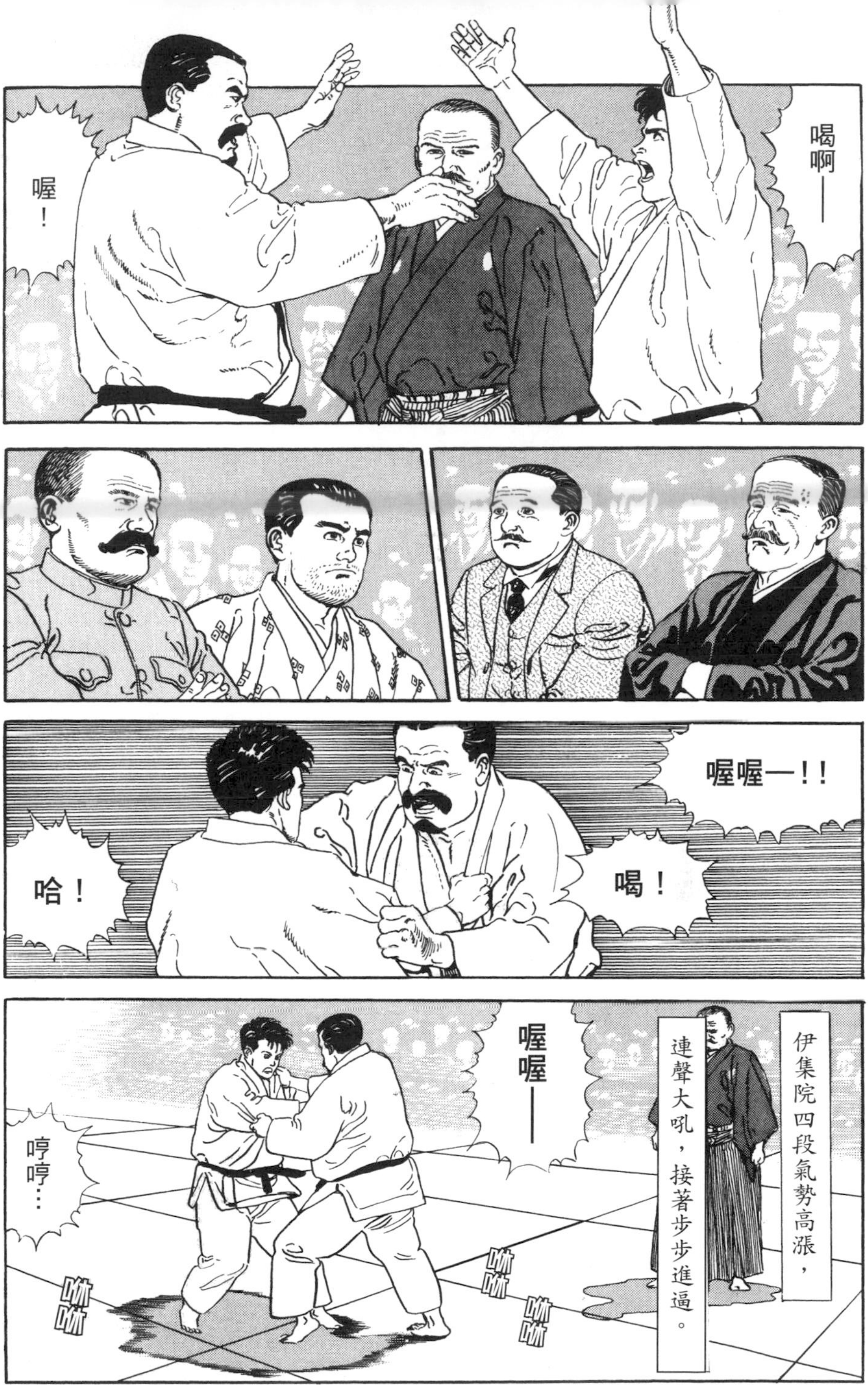

3. 島崎藤村在明治 38（1905）年辭去在長野縣小諸義塾的英語教師，來到東京專注於寫作，成立個人出版社「綠陰叢書」並自費出版《破戒》一書。

咻咻
咻咻
咻咻
咻咻
對戰雙方使出組手技巧，讓人看得眼花撩亂。
喔喔！
喔——
去年的薪水是一千八百六十圓……
椿山杯柔道大会
一升米要二十三錢，木匠一天的工資是一圓，
過中等生活的知識分子要養家活口，一個月的開銷至少需要六十圓，一年就得要七百圓左右了。

太田三段反推一把反擊。
喔喔喔——
喝啊！
哇、
哇啊……
厲害……
再加上《貓》的稿費一百二十圓，
總共有兩千多圓……
嗚喔！
他把伊集院逼向競技場南邊的角落，
咿呀！
下一瞬間，太田壓低重心，身體往下一沉……
哼！
咻咻

喔！
很好。
唔唔、
喝！
不妙！
可是我……
好想辭掉教職啊……
太田使出渾身解數拚命著。
喝啊啊啊啊

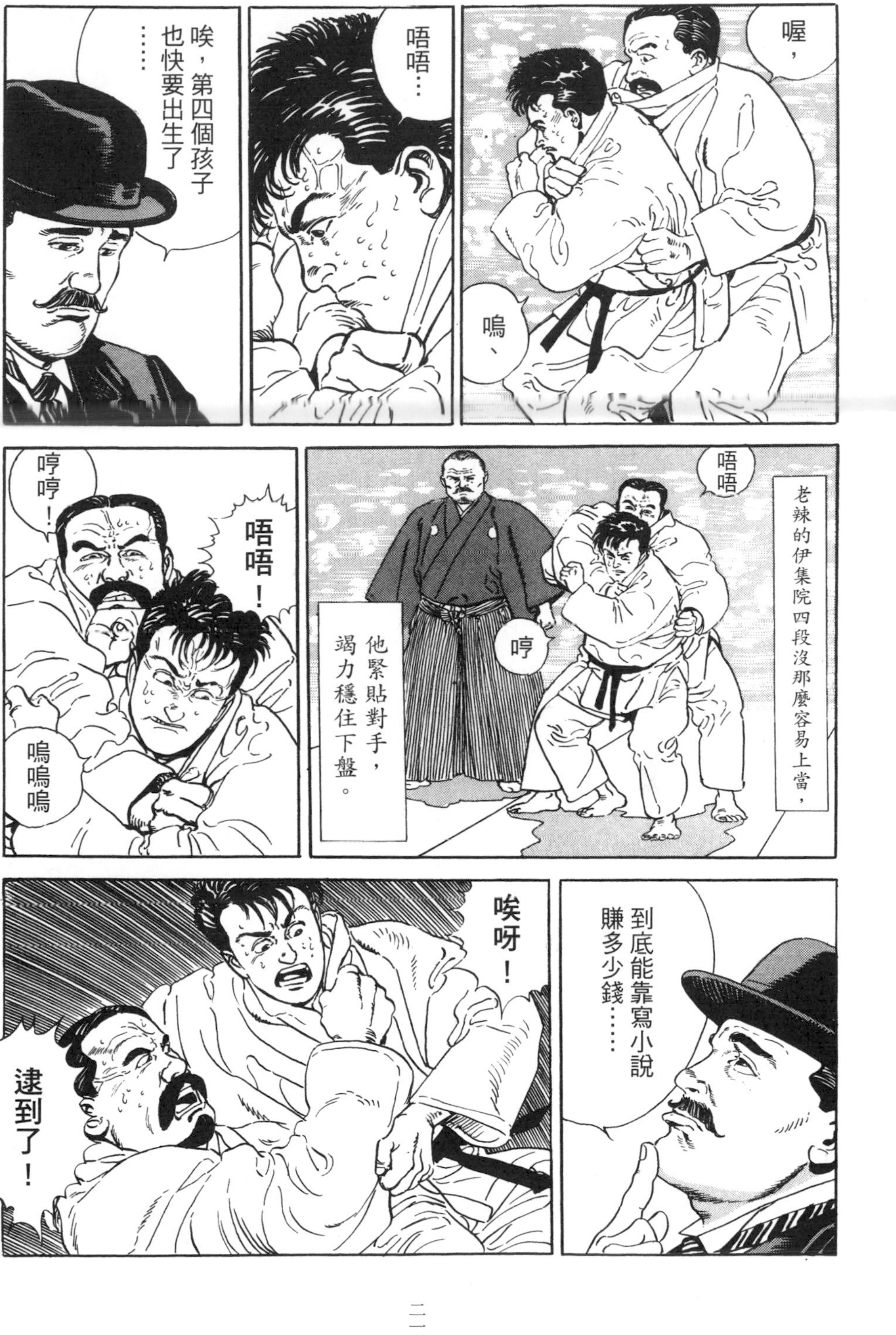
喔，
嗚、
唔唔……
唉，第四個孩子也快要出生了……
唔唔
老辣的伊集院四段沒那麼容易上當，
他緊貼對手，竭力穩住下盤。
哼
哼哼！
唔唔！
嗚嗚嗚
到底能靠寫小說賺多少錢……
唉呀！
逮到了！

咿呀呀呀！
哇啊！
糟了！
喔喔……
噗通
啪
他老謀深算地使出後腰摔還擊。
抓緊

喔喔喔
喔喔喔
嗚啊啊啊……
認輸吧。
嗯……
果然還是……
看招！
喀啦！
好痛
可惡……
嗚嗚嗚……

放手做吧，
我就來當個作家，
勝負已定、
到此為止！
喔喔喔
哇啊啊啊
哇啊啊啊
無用之人，
就應該貫徹無用之道啊！

第十一章

明治三十九年的櫻花

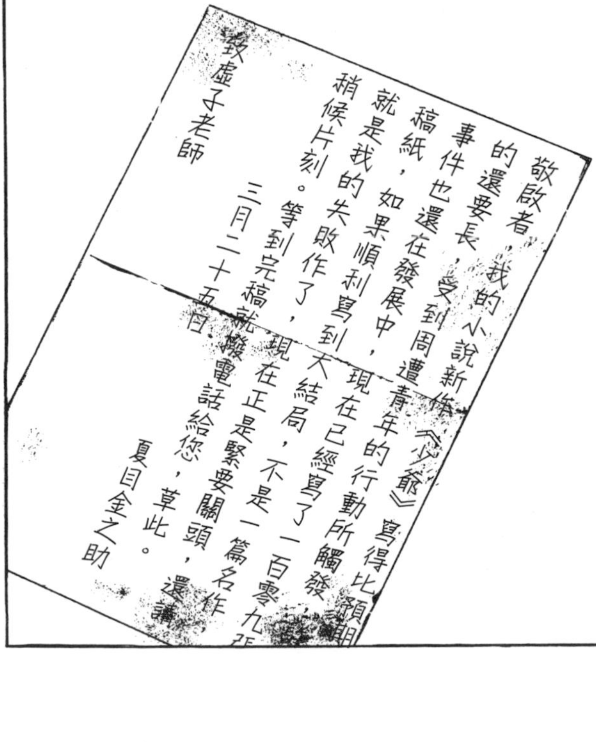
敬啟者，我的小說新作《少爺》寫得比預期
的還要長，受到周遭青年的行動所觸發，
事件也還在發展中，現在已經寫了一百零九張
稿紙，如果順利寫到大結局，不是一篇名作
就是我的失敗作了，現在正是緊要關頭，還請
稍候片刻。等到完稿就撥電話給您，草此。
夏目金之助
三月二十五日
致虛子老師

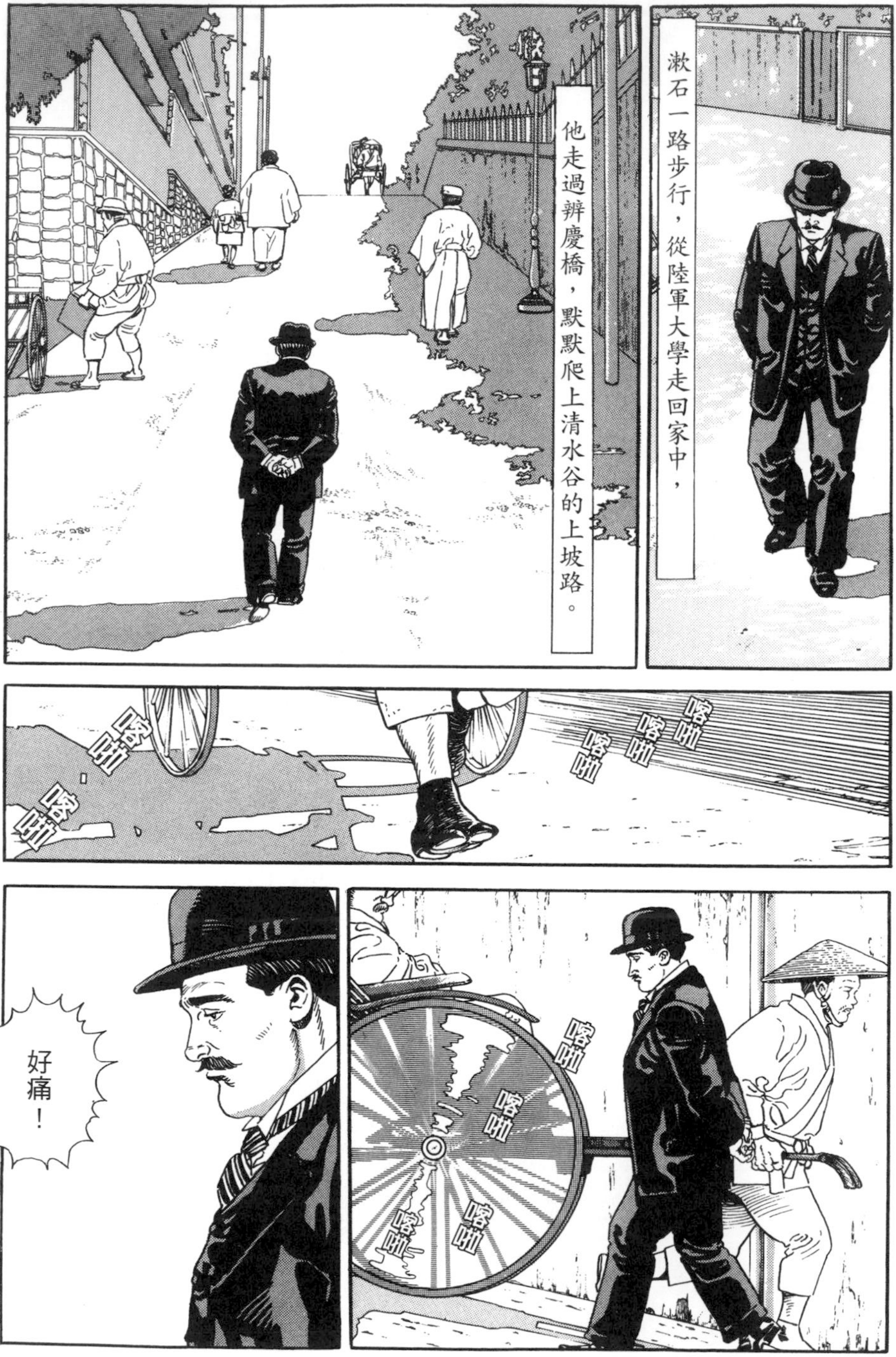

漱石一路步行，從陸軍大學走回家中，
他走過辨慶橋，默默爬上清水谷的上坡路。
喀啦 喀啦 喀啦
喀啦 喀啦
喀啦 喀啦 喀啦 喀啦
好痛！

痛死人啦——
傷勢不太妙、
啊呀呀呀！
你這王八蛋，沒有必要拗斷我的手吧！
改不掉薩摩人的劣根性嗎？
哇哇、

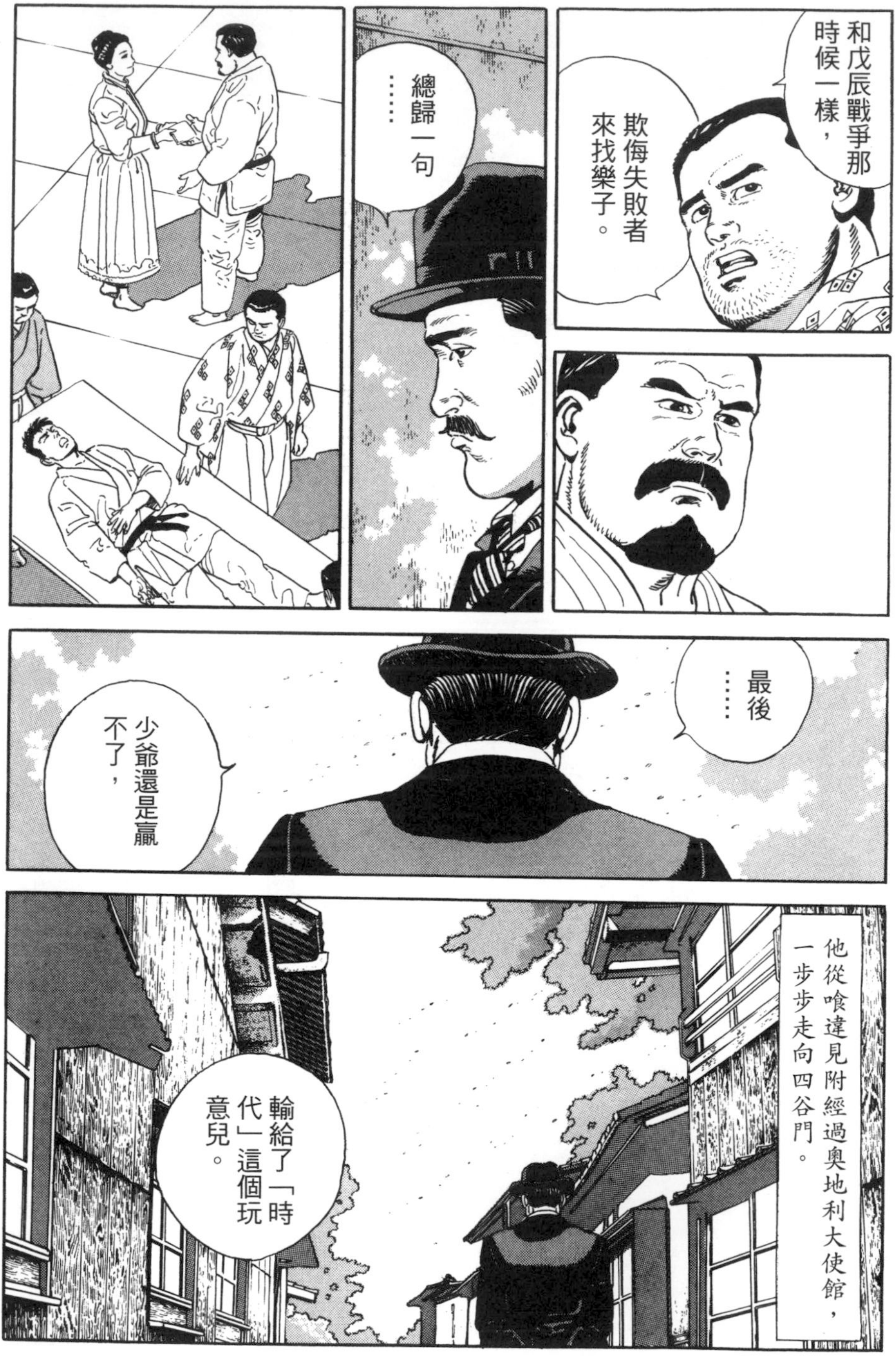
和戊辰戰爭那時候一樣，
欺侮失敗者來找樂子。
總歸一句……
最後……
少爺還是贏不了，
他從喰違見附經過奧地利大使館，一步步走向四谷門。
輸給了「時代」這個玩意兒。

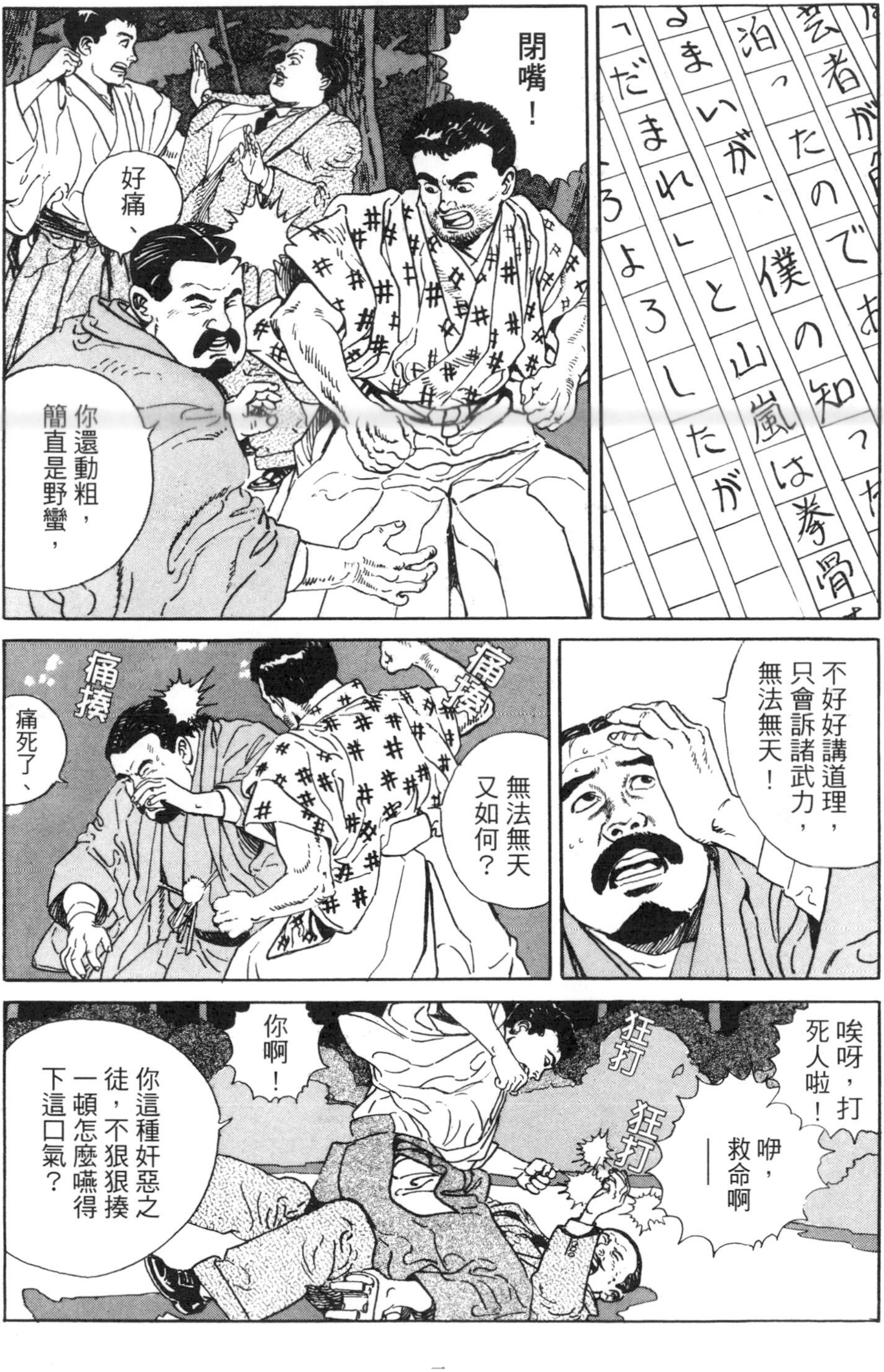
芸者が
泊ったので
るまいが、
「だまれ」と
ろよろしたが
僕の知っ
山嵐は拳骨
閉嘴！
好痛、
你還動粗，簡直是野蠻，
不好好講道理，只會訴諸武力，無法無天！
痛揍
無法無天又如何？
痛揍
痛死了、
唉呀，打死人啦！
咿，救命啊——
狂打
狂打
你啊！
你這種奸惡之徒，不狠狠揍一頓怎麼嚥得下這口氣？

痛打你們這些奸惡之徒，是替天行道。
知道教訓了吧？以後最好給我老老實實的，
就算天花亂墜地強辯，
正義之士還是不會放過你的！
好痛啊……
然而，
少爺最後還是贏不了。
又是傷感又是好笑，漱石一鼓作氣地往下寫，
寫著寫著，從倫敦時期一直籠罩心頭的陰霾，似乎跟著煙消雲散了，
從三月二十四日起，執筆的速度更快了，一天下來甚至能寫完四十張四百字的稿紙。

明治三十九年三月二十七日，星期天
只差一小步，《少爺》的故事就要完成了。
漱石先去表神保町的東京堂買書，又到南甲賀町的「秋山」，
東京堂
買了支歐諾特牌[1]的鋼筆。
回程路上沿著駿河臺的電車軌道散步。
給我解散！
解散！

1. 英國湯瑪斯·德拉有限公司（De La Rue plc.）在 1905 年生產的歐諾特牌（Onoto）鋼筆隔年進口到日本，書寫流暢且價格合理，受到夏目漱石及北原白秋等作家愛用。

2. 大杉榮（おおすぎ さかえ）：出身於軍人家庭的無政府主義者，明治、大正時代的社會運動家及思想家，多次因鼓吹群眾運動和演講而被捕，大正12（1923）年9月遭憲兵隊逮捕後死於東京憲兵本部，享年39歲。

嘩——
竟然出手阻撓人民的戰鬥——
嘩——
三井一手策劃鐵路國有化，反對的外務大臣加藤高明[4]則是三菱爪牙，根本就是兩大財閥的競爭。
「言語和行動是很難分開的」，深深理解人性悲哀的抒情詩人石川啄木也生活在明治時代，
明治四十五年四月十三日，瘦成皮包骨的啄木在赤貧中衰弱地死去。

3. 堺利彥（さかい としひこ）：號枯川，日本社會主義者、思想家、作家。創立平民社並發行週刊《平民新聞》，並與幸德秋水依據英文譯文共同翻譯馬克思的《共產黨宣言》，是《共產黨宣言》最早的日語譯本。

漱石走到駿河臺紅梅町一角，忽然停下了腳步。
井上眼科醫院
井上眼科醫院

4. 加藤高明（かとう たかあき）：日本的貴族院議員、外交官及政治家，後來當上第二十四任內閣總理大臣，曾任職三菱集團並和會長岩崎彌太郎的長女結婚，一般公認他是三菱財閥的積極擁護者。

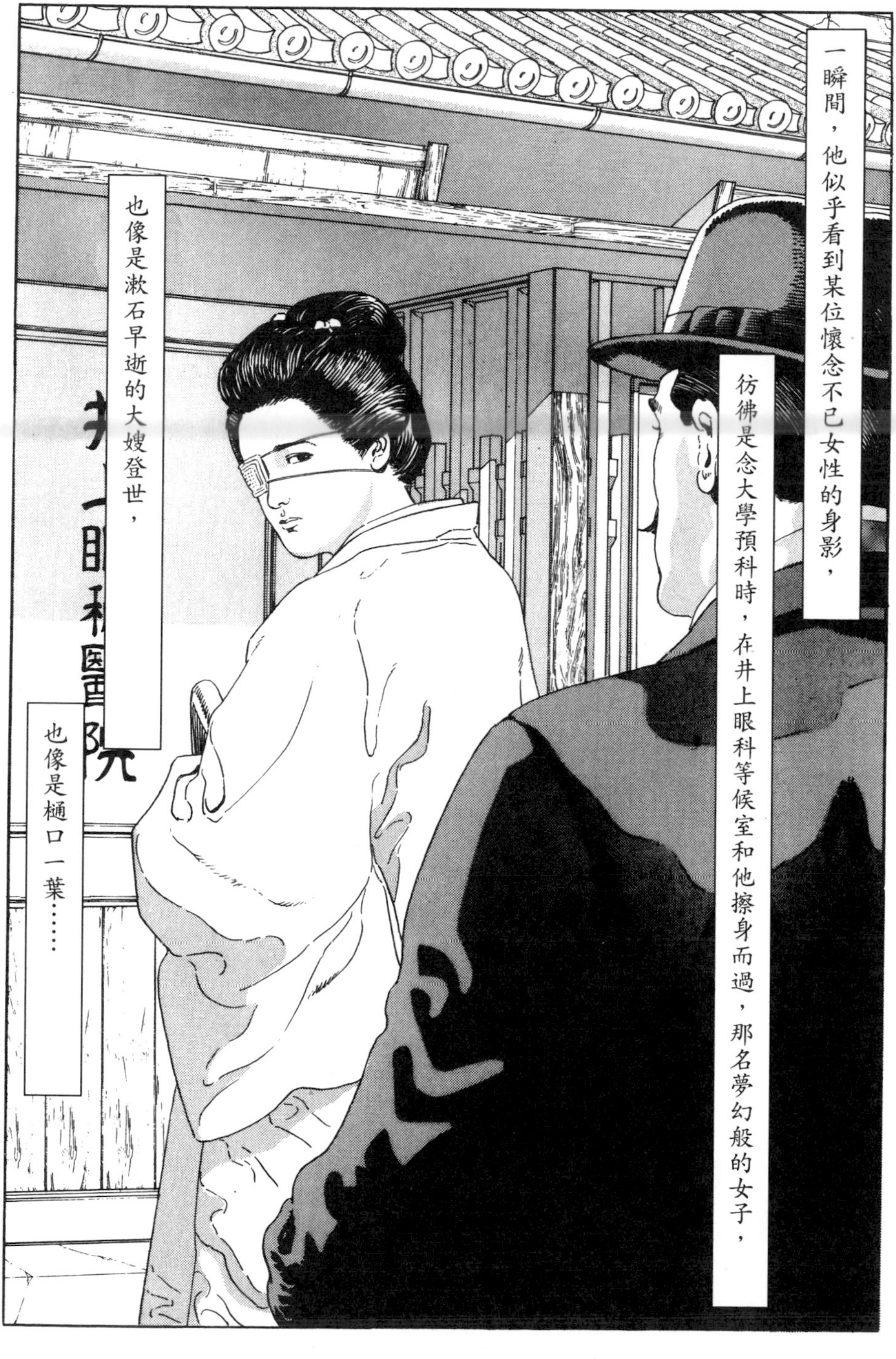
一瞬間，他似乎看到某位懷念不已女性的身影，
彷彿是念大學預科時，在井上眼科等候室和他擦身而過，那名夢幻般的女子，
也像是漱石早逝的大嫂登世，
也像是樋口一葉……

《少爺》裡頭宛如母性象徵的女性角色被命名為阿清，她在春日的暮靄中浮現眼前，
一瞬間讓漱石沉浸在幸福不已的幻想中。
148
嘰！
三月二十七日　深夜

那晚，我和豪豬離開那片不淨之地，隨著船離開岸邊愈來愈遠，我的心情也愉快起來。
噠噠
噠噠
少爺的姓氏設定為「多田」，這是漱石從太田仲三郎的姓氏取的諧音，
小說中提到過一次的
豪豬則以堀紫郎為靈感，角色叫作堀田，出身於會津藩。

從神戶搭直達車回到東京，抵達新橋時，我終於有種重返人間的感覺。
再會了，
你多保重！
好的！
しんばし
我跟豪豬揮手道別，直到今天還沒有機會重逢。

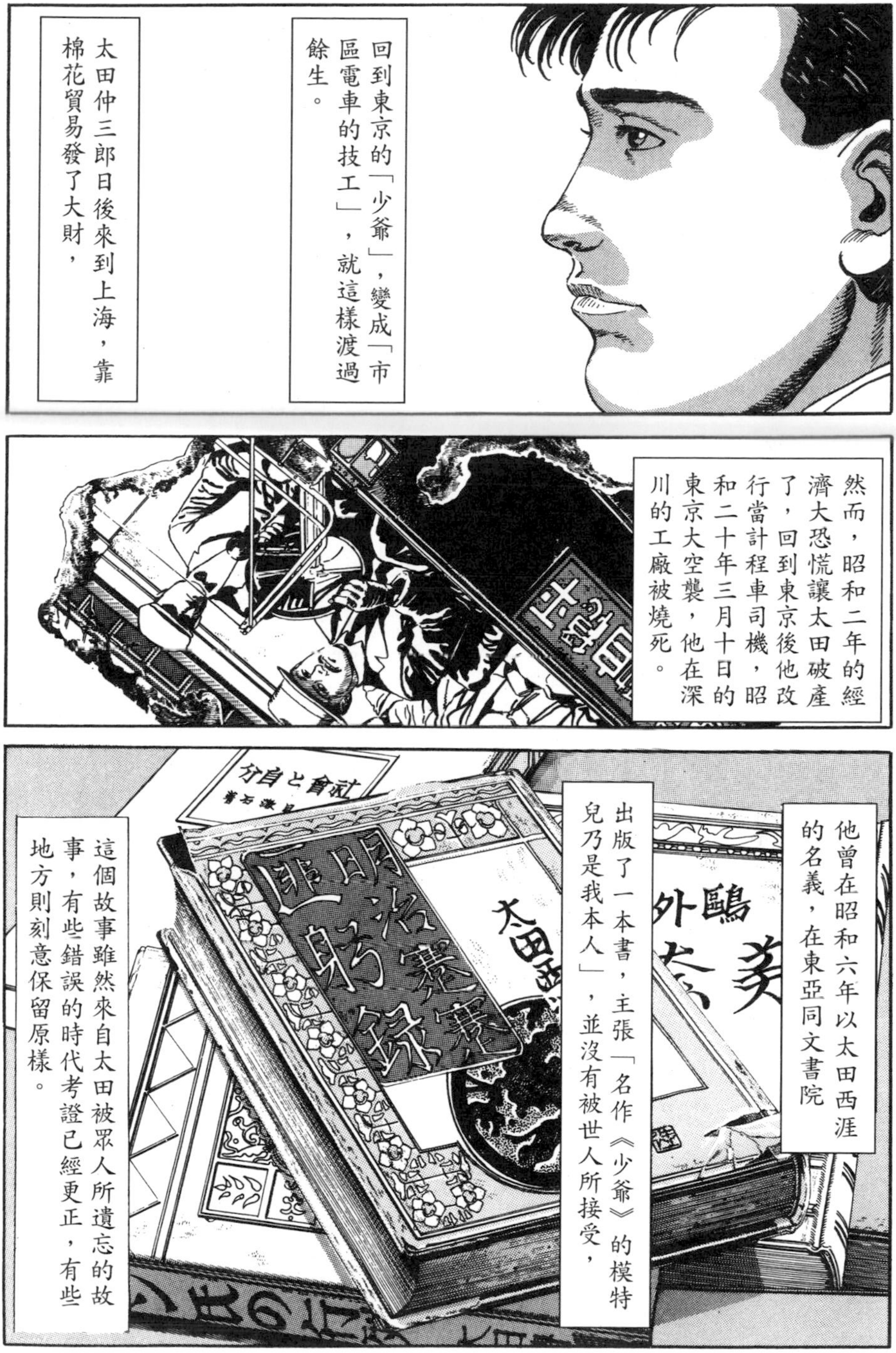
回到東京的「少爺」，變成「市區電車的技工」，就這樣渡過餘生。
太田仲三郎日後來到上海，靠棉花貿易發了大財，
然而，昭和二年的經濟大恐慌讓太田破產了，回到東京後他改行當計程車司機，昭和二十年三月十日的東京大空襲，他在深川的工廠被燒死。
他曾在昭和六年以太田西涯的名義，在東亞同文書院
出版了一本書，主張「名作《少爺》的模特兒乃是我本人」，並沒有被世人所接受，
這個故事雖然來自太田被眾人所遺忘的故事，有些錯誤的時代考證已經更正，有些地方則刻意保留原樣。

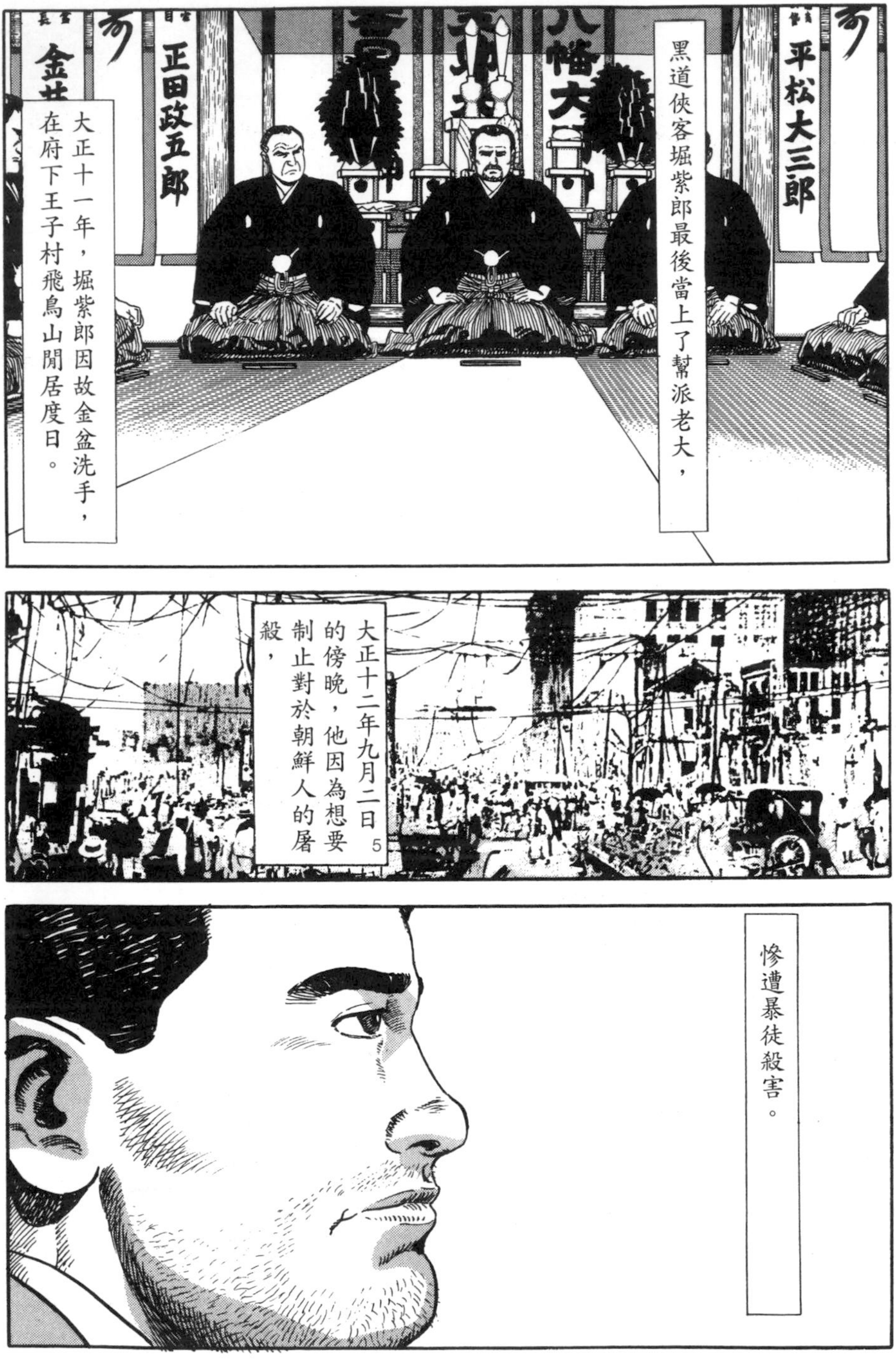
平松大三郎
正田政五郎
黑道俠客堀紫郎最後當上了幫派老大，
大正十一年，堀紫郎因故金盆洗手，在府下王子村飛鳥山閒居度日。
大正十二年九月二日[5]的傍晚，他因為想要制止對於朝鮮人的屠殺，
慘遭暴徒殺害。

5. 大正十二（1923）年9月1日中午發生關東大地震，多篇報紙報導聲稱，朝鮮人在災後趁機犯下各種破壞、縱火和搶劫等案件，導致各地都發生對居留日本的朝鮮人的大規模迫害。

喵嗚
乖，好乖啊。
好了，我知道了。
喵嗚、喵嗚。
舔舔、舔舔
咕嘟、咕嘟、
唔、
唔、
真好喝……
不朽名作《少爺》，只花了十一天就寫完了。
舔舔

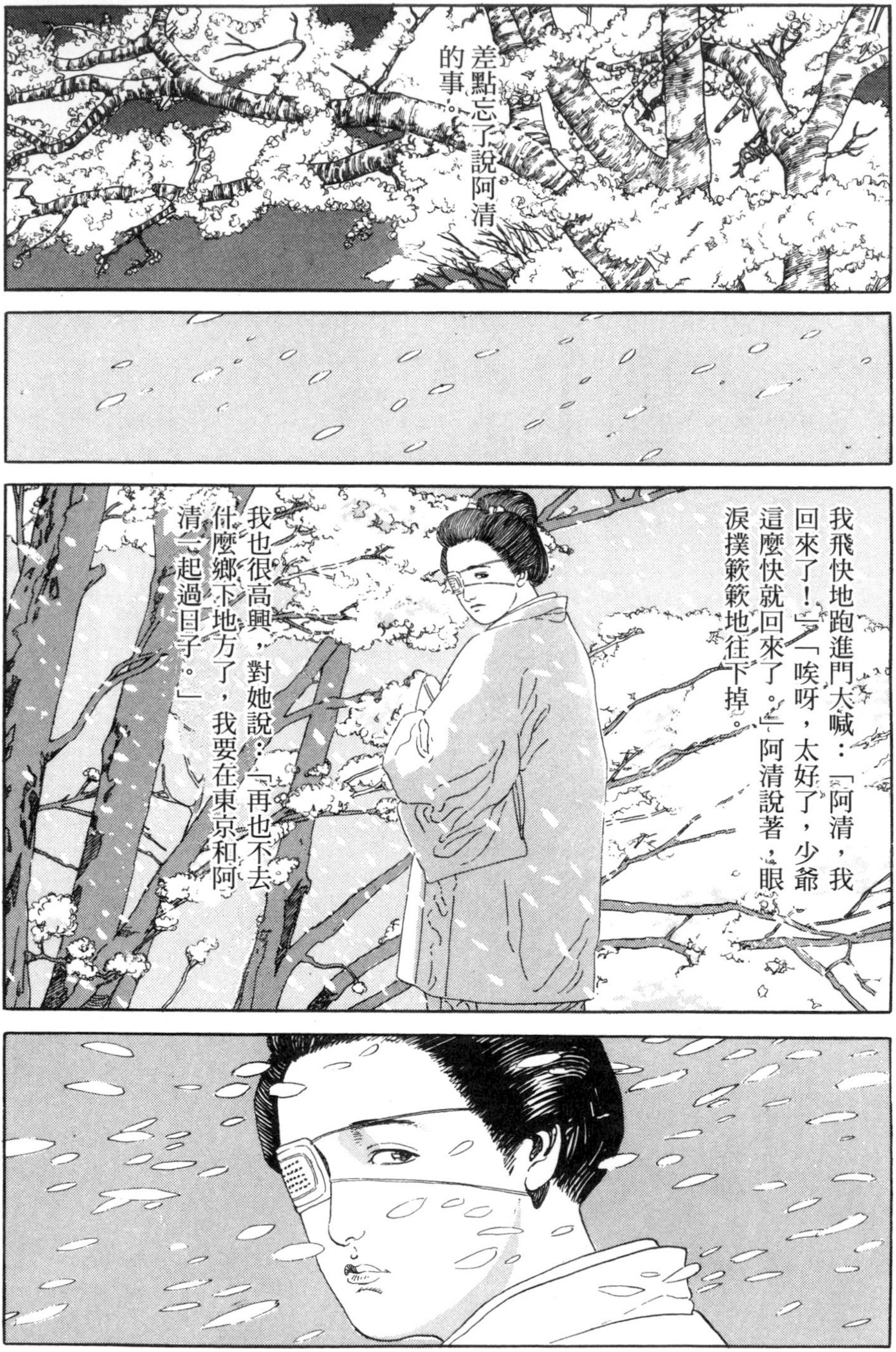
差點忘了說阿清的事。
我飛快地跑進門大喊：「阿清，我回來了！」「唉呀，太好了，少爺這麼快就回來了。」阿清說著，眼淚撲簌簌地往下掉。
我也很高興，對她說：「再也不去什麼鄉下地方了，我要在東京和阿清一起過日子。」

四月三日，
漱石讀完了前幾天在神田東京堂買下的小說，島崎藤村的《破戒》。
闔上
綠蔭叢書第壹篇
小說
破戒
唔——
真是名作啊！
你們說是不是？
……
然而，客廳早就沒有別人了，
日本急速奔向現代化，時代的潮流將青年們沖往社會的各個角落。

鏡子 ➜ 石川節子 ➜ 森田草平 ➜ 小泉八雲（拉夫卡迪奧・赫恩）➜ 島崎藤村 ➜ 田山花袋
➜ 東條英機 ➜ 德富蘆花 ➜ 石川啄木 ➜ 國木田獨步 ➜ 西鄉四郎

前排左起 ➔ 荒畑寒村 ➔ 樋口一葉 ➔ 太田仲三郎 ➔ 堀紫郎 ➔ 柳田國男　第二排左起 ➔ 森鷗外 ➔ 夏目
第三排及最後排 ➔ 伊藤左千夫 ➔ 金田一京助 ➔ 白瀨矗 ➔ 安重根 ➔ 大塚楠緒子 ➔ 大杉榮 ➔ 田村俊子

近代的日本等於是故事中的那所中學，紅襯衫和馬屁精依舊橫行無阻吧？
少爺和豪豬都失敗了——但是……
喂，貓，
喵…嗚……
少爺還是有可以回去的地方，
別抓我啊！
那就是阿清守著的老家，也是對抗近代化精神的所在。

去世前一天，阿清把我叫到身旁
說：少爺，求您了，死後把我安葬
在安葬在少爺家族在寺廟裡的墓
地，
阿清會在墳墓裡面等著您的。
所以，阿清的墳墓就在小日向的養源寺。
沙沙沙沙
沙沙沙沙

時代包圍了漱石，
漱石超越了時代。
漱石正好滿三十九歲了，這是明治三十九年，春天繁花盛開的東京。

我們如何創作《少爺的時代》一書

我從一九七七年開始著手創作漫畫劇情，用業界的專業術語來說，就是所謂的擔任「原作」。

我和谷口治郎一直斷斷續續地合作到大約一九八一年，可惜兩人的文字和作畫不但沒有什麼名氣，每一套作品也銷售得不怎麼樣，我們的雄心壯志一年比一年消沉，偶爾遇到有人給予正面的評價，然而他們卻把我們的作品稱為「冷硬派」，這當然沒有惡意，也不好去反駁什麼，其實我們並沒有描繪「冷硬派」漫畫的企圖，自始至終想嘗試創作的一直都是幽默讀物啊！

由於社會價值觀的轉變，日本的漫畫從一九六〇年底開始迎向了急遽成長，後來又隨著日本社會的冷卻而進入安定期，漫畫做為一種表現方式，就算在社會轉入自閉期，規模依然繼續擴大，發展得更加成熟，本來應該投入小說或電影產業的人才不斷加入這個產業，締造出豐碩的成果，隨著市場擴大，認為自己「不討厭漫畫」的年齡界線跟著上升到四十歲左右了，從思維的世界到荒誕無稽的題材、從細緻到粗糙、從心理劇場到片段的短劇，從頹廢到前衛……日本漫畫貪婪地擴大關心的題材，增殖到各種包羅萬象的層面，現在日本漫畫普及的範圍和技術可說是全世界獨一無二的了。

然而，所謂的「原作漫畫」卻沒有太大的成果，絕大多數的作品不過是將電視劇裡頭「御都合主義[1]」那種隨機湊巧的部分，原封不動加入漫畫原作裡罷了，只知道忖度客戶的臉色來迎合流行，最多再勉為其難地添上幾分陳腔濫調的精神主義做為點綴，一點生產性和娛樂性也沒有，除了少數一、兩部值得一讀再讀的名作，大部分原作漫畫讀來都無聊透頂。就如同以劇情漫畫在戰後發揮出最大文化影響力的漫畫家手塚治蟲一樣，我認為漫畫應該不是只能讓兼具說故事才能的優秀畫家來獨自完成的工作，因此我和多年老友谷口治郎合作，在某家週刊雜誌上以業界難以想像的緩慢步調，一起創作一整年下來只有三到四回的幽默漫畫《事件屋稼業》，中途我曾一度決定停筆，不再撰寫任何漫畫劇情，可是又難以放下這套作品，原因就在於我個人過於偏愛兩人共同創造的主角，同時內心強烈地希望，就算工作量不多，還是能跟谷口治郎這位世上少有的漫畫家多少維持些許合作，在能表現出多樣化才能的豐饒漫畫領域，兩人可以繼續維持那麼一點關係。

我在一九八六年年初的某一天告訴熟識的編輯，自己決定退出漫畫編劇的工作，他聽完後對我說：

「這沒問題，不過你最後還是再嘗試一篇新的作品吧？」

我頓時有些膽怯，但下一刻就覺得應該把編輯的答覆當成宿命的安排來接受，為什麼呢？

因為從一九八三年到八四年這段時間，我一直在他的提點和教導下在雜誌上連載報導文學

1. 御都合主義（ごつごうしゅぎ）：是指為了推展情節方便，作者強制添加設定，以及使用過度的偶然、巧合、隨機等手法，缺乏足夠的伏筆和合理的解釋，例如：懸疑偵探小說中，主人公所到之處總會發生殺人事件，能夠解開事件謎團的角色也恰好會在現場出現。

（Reportage），所以我明白千萬不能小看這名編輯的氣魄跟執著，他一定會像柔道高手那樣使出絕技「單腿內胯摔」，追著我到天涯海角，想逃也逃不了啊。一次也沒去過國外事件現場的編輯，銳利的眼光卻能洞穿稿紙，每一次都對我下達正確無誤的指示，還能提出嚴格到有些殘忍的批評。

於是我小聲地問，想寫明治時代也沒問題嗎？我想用漫畫來描繪眾人認為不可能用漫畫表達的一切，這種題材說嶄新是很嶄新沒錯，要論人氣的話，恐怕就沒什麼好期待的了。

聽到我這傢伙脫口說出漫畫編輯最害怕的臺詞，他依舊不為所動，只抓了抓自己從一九六〇年代開始除了髮量外就沒有什麼改變的頭髮，然後說：「可以啊。反正是邊緣地帶的漫畫，你不如在那邊緣地帶繼續寂寞地踽踽獨行吧？寫吧！你就給我大寫特寫，我馬上幫你收集參考資料。」

編輯對我許下的承諾一如往常地確實兌現，過了沒幾天，他就抱著兩個裝滿書籍的特大號紙袋現身，我在那一刻，心裡就暗自決定要以明治末年偉大人物的群像和他們在一瞬間的交會，做為這部作品的題材。

筆者一直認為這世上再也沒有像《少爺》那樣哀傷的小說了，實在難以理解為什麼拍出來的影像作品會以詼諧滑稽為基調來演出，每一部作品都難以符合我的期待，更難以稱得上是什麼娛樂，更別提那些通俗的刻板印象總是一股腦地將明治描繪成一個安穩而抒情的時代，實在讓人厭煩到了極點。

明治是個高潮迭起的大時代，就某種意義來說，明治時期的人應該比現代人更加忙碌，日本近代的感性是在明治末期形成的，即使經過幾次強烈的衝擊，依然牢牢殘留在現代人心中難以磨滅，我們絕大部分的煩惱，明治人都已經體會過了，換言之，我們現代人在最本質的部分其實一點也不新潮，個人認為會缺少這樣的體認，最大的原因應該是對於明治時代的認識尚嫌不足。此外，我還有一股強烈的欲望，想要描繪出那個依然珍視著國家主義、德行、人品還有「知恥」等價值的時代，這些都是代代相傳的日本文化裡最核心的部分，這些價值在當時也依然在發揮作用。

因此我選擇《少爺》做為題材，把當初發想、建構和創作這部小說的過程做為故事虛構的基礎，試著刻劃出在明治末年，國家和個人所追求的目的急速地背道而馳，以及那些在苦惱中依舊毅然不屈的明治人物。

就這樣，《「少爺」的時代》（當初的篇名是《「少爺」及其時代》）從一九八六年十二月起在《漫畫週刊ACTION》上進行連載，一直持續到隔年的三月。

谷口治郎是一位飽經修練的漫畫家，每次和他共事都讓我佩服得五體投地，漫畫表現的功力如此深厚，更是不斷讓我大開眼界。許多漫畫家看了劇本都會覺得這套作品未免太難搞了，他卻能夠毫不吝惜地發揮個性中誠實而周到的優點，老實說，我這個拖稿遲交的劇本創作者看到他繪製的畫稿也會深受刺激，從中獲得更多全新的構想。

明知道這部漫畫作品會碰觸到某些商業上的禁忌，我們仍然繼續創作下去，出乎意料的是，竟然獲得某種程度的讀者迴響，更出乎意料的是還有相關人士指正歷史考據上的錯誤，更是讓我們喜出望外。作品裡頭大部分的錯誤都是本人才疏學淺之故，還有幾處是明明知道史實，卻刻意加以忽略的結果。

明治時代和明治人物是愈學愈深奧的，就算時代改變了，日本人的精神層面當中，屬於文化上的特性和近代社會病理的根源，依然根深柢固地殘留在每個日本人的身上，追本溯源還是要回到明治時代，這個發現加深了我繼續探究的求知興趣。

為了回饋讀者的好評，主要也是配合作者群的心情，我們迅速地變更最初的計畫，決定今後繼續創作整個系列的漫畫作品，下一集打算用視覺的方式繼續來描繪明治末年的日本，而鎂光燈焦點不再只聚焦於夏目漱石，也會放在石川啄木和「大逆事件」的關係人物上。

本作品是和原本任職於《漫畫週刊 ACTION》編輯部的鈴木明夫一起企劃、構想的，他轉調單位後，則由秋山龍太郎接手編輯，這次出版單行本，則是承蒙了諸角裕和佐藤俊行兩位的推動，封面裝訂由作者群所希望的日下潤一來負責，請容我在此深深感謝谷口治郎和其他諸位先進付出的辛勞，《漫畫週刊 ACTION》編輯部決定讓這種違背日本漫畫業界常識的作品有刊登和連載的機會，也必須向他們致上感謝與敬意。

奇妙的是，此刻是石川啄木在東京小石川久堅町租賃的二樓房間窮困而死的第七十六年，也是齋藤綠雨在臨死前將樋口一葉的日記，託付給馬場孤蝶[2]的第八十三年，正巧都是今天這個日子。

一九八七年四月十三日　關川夏央

2. 馬場孤蝶（ばば こちょう）：本名馬場勝彌，慶應義塾大學教授、翻譯家、詩人。

《「少爺」的時代》在初版校對完成後，我收到誤認史實的相關指正，在此必須表示謝意並予以訂正。

本書裡有一幕是夏目漱石和沒有左手的學生在課堂上的對話（原書第一六一頁），事後漱石對於自己魯莽的舉動深感愧疚，還在寫給野村傳四的明信片裡頭提到「日前失敬之至」。

我參考以考據該名學生身分的研究專書，認定當事人乃是魚住影雄（號折蘆），也在書中如此描繪，後來魚住影雄的後代出面澄清，他本人並非獨臂，也出示當年在東京帝國大學的人像照做為證明，故人的雙臂在照片中拍攝得相當清晰，本書第二版校對完畢之後，這件事被某通信社記者獲悉後寫成報導，因而在大報上曝光，後來收到另一名學生的後人通知才獲知真相，原來那名東京帝大的學生並非魚住影雄，乃是魚住惇吉。文學史上的一個小小謎團，在此總算是真相大白了。

一九八七年七月二十五日　關川夏央

《少爺的時代》新裝版後記

幸運的邂逅

我和谷口治郎共同創作的《「少爺」的時代》從一九八六年起開始在《漫畫週刊 ACTION》上連載，單行本第一集則於一九八七年出版，在一九九七年八月推出最後的第五集，這套作品從最初的構想到完成，一共花費了十二年的時間，中間多次再版，還推出文庫版和全彩版，在一九九〇年代開始陸續被翻譯為義大利文、法文、西班牙文、英文及中文等多種語言，在國外同樣再版不斷。

我在《「少爺」的時代》第五集的後記中曾提到本系列的創作方式，敝人關川對作畫的谷口治郎提出大量的要求，每次他都能給予超乎我期待的回應，漫畫家本身的反應能力和讓人讚嘆的畫功可見一斑。

除了這套作品，谷口治郎還有許多其他單獨創作的漫畫被翻譯到國外，現在他已經成了歐洲漫畫迷尊敬的漫畫巨匠，讓人聯想到在一九八〇年代也在歐洲掀起一陣旋風的電影導演小津安二郎。

當一九九〇年代來到尾聲，我們兩人各自致力於不同領域的工作，共同創作這件事也中斷了，我們的合作並不會就此劃上句點，能夠邂逅如此才華洋溢，而且從不吝惜付出努力的漫畫家是何其幸運的事，怎麼能輕易捨棄這種緣分呢？我依然暗自期待著，未來能有其他機會繼續合作。

這次新裝版的裝幀設計，同樣承蒙將初版單行本打造成藝術品的天才設計師日下潤一來進行，能夠和他相遇，同樣也是在下莫大的僥倖啊。

二〇一四年四月　關口夏央

新裝版後記

《「少爺」的時代》在一九八七年出版單行本第一集，我開始繪製漫畫第一回是那之前半年的事，距今差不多二十八年了，真是不敢相信時光飛逝如此快速，更讓人頓時不知該如何是好。

每當有人問起，我都會重複一樣的答案——「《「少爺」的時代》是我付出最多心力的作品」，直到現在我依然認為能和關川夏央相遇是莫大的幸運，我們從一九七〇年代後半起就一起合力推出許多作品，《「少爺」的時代》以前人未曾有過的構想來創作腳本，更讓我得到不少靈感和啟發，自己的漫畫作畫因此漸漸在畫風和表現方式上有所改變。

首先，我試著脫離那種符號式的演出方式，那雖然是漫畫表現上的重要手法，我還是嘗試讓登場角色有微妙而複雜的情感表現，不會呈現出明確而單一的喜怒哀樂。

我也特別留意不要將背景和小物件當成符號置入畫面中，而是試著繪製別有一番風情的景色，我的想法是，如果能讓人們生活的場景增添某些深度，應該就能描繪出更加立體的明治時代了，背景和風景也能講述故事，漫畫能有如此寬廣的表現方式，在這中間我實在學到了太多。

愈畫愈能深深地體會到漫畫的境界正在不斷擴大，能夠表現出來的東西實在是無窮無盡。

讓我意外的是《「少爺」的時代》這部日本漫畫，現在也被歐洲和亞洲各地的海外讀者所接受，時代的變化總是讓人訝異，更讓我充滿由衷的欣喜。

二〇一四年四月二十日　谷口治郎

〈參考文獻一覽〉

除了以下文獻，由於其他一瞥而過、稍做瀏覽的參考資料數量過於龐大，在此必須割愛不再列舉。[1]

關口夏央

《少爺》，夏目漱石，新潮文庫，昭和五十五年

《價格的風俗史》正、續集、續續集、完結，週刊朝日編輯部，朝日新聞社，昭和五十六年

《夏目漱石必攜》II，別冊國文學No.14，竹盛天雄編，學燈社，一九八二年

《近代作家年譜集成》，國文學臨時增刊，學燈社，昭和五十八年

《日本的歷史：日清、日俄》，宇野俊一，小學館，一九七六年

《日本的歷史：大日本帝國的考驗》，隅谷三喜男，中公文庫，昭和五十六年

《漱石及其時代》江藤淳，第一部、第二部，新潮選書，昭和四十五年

《夏目漱石　心的內與外》，藤島宇內編，大和出版，一九六九年

《日本文壇史》第七～第十八卷，伊藤整，講談社，昭和三十九年

《近代日本人各種發想的形式》，伊藤整，岩波文庫，一九八一年

《漱石全集》第十三～十五卷，岩波書店，昭和四十一年

《夏目漱石博物館》，石崎等、中山繁信，彰國社，昭和六十年

《人間臨終圖鑑》上卷，山田風太郎，德間書店，一九八六年

1. 未刊行的書名均為暫譯。

《夏目漱石》（中），小宮豐隆，岩波文庫，一九八七年
《新潮日本文學 ALBUM》森鷗外、樋口一葉、夏目漱石、正岡子規，新潮社，一九八五年
《日本的歷史・圖錄　從維新到現代》，小西四郎、林茂編，中央公論社，昭和五十九年
《演歌的明治、大正史》，添田知道，刀水書房，昭和五十九年
《江戶的坂道、東京的坂道》正集、續集，橫關英一，中公文庫，昭和五十六年
《世界的歷史・帝國主義的時代》，中山浩一，中公文庫，昭和五十年
《柔俠傳》第一卷，巴隆吉元，雙葉社，昭和五十八年
《安重根》，中野泰雄，亞紀書房，一九八四年
《某位明治人的生活史》，小木新造，中公新書，昭和五十八年
《山縣有朋》，御手洗辰雄，時事通信社，昭和六十年
《明治群像9・明治的女性》，紀田順一郎編，三一書房，一九六九年
《漱石的主題》，吉本隆明、佐藤泰正，春秋社，一九八六年
《近代日本的基礎知識》，藤原彰、今井清一、大江志乃夫編，有斐閣 BOOKS，昭和五十四年
《我是貓》，夏目漱石，新潮文庫，昭和五十五年
《寒風之時》，大江志乃夫筑摩書房，一九八五年

雜誌連載

WEEKLY 漫畫 ACTION　一九八七年一月七、十四日合併號～三月三十一日號

關川夏央（SEKIKAWA NATSUO）

一九四九年生於日本新瀉縣，作家。主要著作包括：《跨越海峽的全壘打》（講談社紀實文學獎）、《首爾的練習題》、《光明的昭和時代》（講談社散文獎）、《家族的昭和》、《二葉亭四迷的明治四十一年》等書，為表揚其成就，於二〇一〇年獲頒司馬遼太郎獎。

谷口治郎（TANIGUCHI JIRO）

一九四七年生於日本鳥取縣，漫畫家。一九七二年以《暗啞的房間》出道，《遙遠的聲響》入選BIG COMIC漫畫獎佳作，並以《養狗》獲得第三十七屆小學館漫畫獎。共著則有《蠟嘴雀》（原作：墨比斯）、《神之山嶺》（原作：夢枕獏）、《事件屋稼業》（原作：關川夏央）等多部漫畫作品。二〇一〇年《遙遠的小鎮》在法國、比利時、盧森堡及德國的共同製作下，改拍真人電影版。

譯者　劉蕙菁

臺灣彰化人，名古屋大學碩士。近期譯有《貴子永遠》、《計程車司機的祕密京都》及《從落難考生到影帝：大泉洋的十六年青春饒舌物語》等書。

緣 書系
佳在故事裡11

「少爺」的時代

新裝版『坊っちゃん』の時代

作者｜**關川夏央、谷口治郎（関川夏央・谷口ジロー）**
譯者｜**劉蕙菁**
執行長｜**陳蕙慧**
總編輯｜**張惠菁**
責任編輯｜**盛浩偉、夏君佩、莊瑞琳**
行銷｜**陳雅雯、尹子麟、余一霞**
日文顧問｜**李佳翰**
設計｜**陳永忻**
內文排版｜**黃雅藍**
社長｜**郭重興**
發行人兼出版總監｜**曾大福**
出版｜**衛城出版／遠足文化事業股份有限公司**
發行｜**遠足文化事業股份有限公司**
地址｜**23141 新北市新店區民權路 108-2 號九樓**
電話｜**02-22181417**
傳真｜**02-22188057**
客服專線｜**0800-221029**
法律顧問｜**華洋法律事務所 蘇文生律師**
製版｜**瑞豐電腦製版印刷股份有限公司**
初版一刷｜**二〇一八年二月五日**
初版五刷｜**二〇二〇年六月三日**
定價｜**三二〇元**

本作品：新装版『坊っちゃん』の時代
NEW EDITION –「BOCCHAN」NO JIDAI I

First published in Japan in 2014 by Futabasha Publishers Ltd., Tokyo.
This Traditional Chinese language edition is published by Acropolis, an imprint of Walkers Cultural, under licence from Futabasha Publishers Ltd.

出版單位：衛城出版

「少爺」的時代 / 關川夏央，谷口治郎著；劉蕙菁譯

ISBN 978-986-95892-2-2 （平裝） NT$：320

填寫本書線上回函

ACRO POLIS
衛城出版
Email **acropolis@bookrep.com.tw**
Blog **www.acropolis.pixnet.net/blog**
Facebook **www.facebook.com/acropolispublish**

● 親愛的讀者你好，非常感謝你購買衛城出版品。
我們非常需要你的意見，請於回函中告訴我們你對此書的意見，
我們會針對你的意見加強改進。

若不方便郵寄回函，歡迎傳真回函給我們。傳真電話 —— 02-2218-1142

或上網搜尋「衛城出版 FACEBOOK」
http://www.facebook.com/acropolispublish

● 讀者資料

你的性別是 □ 男性 □ 女性 □ 其他

你的職業是 ______________ 你的最高學歷是 ______________

年齡 □ 20 歲以下 □ 21-30 歲 □ 31-40 歲 □ 41-50 歲 □ 51-60 歲 □ 61 歲以上

若你願意留下 e-mail，我們將優先寄送 ______________ 衛城出版相關活動訊息與優惠活動

● 購書資料

● 請問你是從哪裡得知本書出版訊息？（可複選）
□ 實體書店 □ 網路書店 □ 報紙 □ 電視 □ 網路 □ 廣播 □ 雜誌 □ 朋友介紹
□ 參加講座活動 □ 其他 ________

● 是在哪裡購買的呢？（單選）
□ 實體連鎖書店 □ 網路書店 □ 獨立書店 □ 傳統書店 □ 團購 □ 其他 ________

● 讓你燃起購買慾的主要原因是？（可複選）
□ 對此類主題感興趣
□ 覺得書籍設計好美，看起來好有質感！
□ 議題好熱，好像很多人都在看，我也想知道裡面在寫什麼
□ 其他 ________
□ 參加講座後，覺得好像不賴
□ 價格優惠吸引我
□ 其實我沒有買書啦！這是送（借）的

● 如果你覺得這本書還不錯，那它的優點是？（可複選）
□ 內容主題具參考價值 □ 文筆流暢 □ 書籍整體設計優美 □ 價格實在 □ 其他 ________

● 如果你覺得這本書讓你好失望，請務必告訴我們它的缺點（可複選）
□ 內容與想像中不符 □ 文筆不流暢 □ 印刷品質差 □ 版面設計影響閱讀 □ 價格偏高 □ 其他 ________

● 大都經由哪些管道得到書籍出版訊息？（可複選）
□ 實體書店 □ 網路書店 □ 報紙 □ 電視 □ 網路 □ 廣播 □ 親友介紹 □ 圖書館 □ 其他 ______

● 習慣購書的地方是？（可複選）
□ 實體連鎖書店 □ 網路書店 □ 獨立書店 □ 傳統書店 □ 學校團購 □ 其他 ________

● 如果你發現書中錯字或是內文有任何需要改進之處，請不吝給我們指教，我們將於再版時更正錯誤
____
____
____
____
____

請沿虛線剪下

廣告回信
板橋郵政登記證
板橋廣字第1139號

免貼郵票

23141
新北市新店區民權路 108-3 號 8 樓

衛城出版 收

● 請沿虛線對折裝訂後寄回，謝謝！